慢读秋雨

找 到 生 活 的 慢

余秋雨 著

四川文艺出版社

图书在版编目（CIP）数据

慢读秋雨 / 余秋雨著. -- 成都：四川文艺出版社，2017.3（2020.3重印）
ISBN 978-7-5411-4587-2

Ⅰ.①慢… Ⅱ.①余… Ⅲ.①散文集—中国—当代 Ⅳ.①I267

中国版本图书馆CIP数据核字(2017)第035404号

MAN DU QIU YU
慢读秋雨
余秋雨 著

出 品 人	张庆宁
策 划 人	唐建福
责任编辑	燕啸波　奉学勤
封面设计	叶　茂
内文设计	叶　茂　史小燕
责任校对	蓝　海
责任印制	唐　茵

出版发行	四川文艺出版社（成都市槐树街2号）
网　　址	www.scwys.com
电　　话	028-86259287（发行部）　028-86259303（编辑部）
传　　真	028-86259306

邮购地址	成都市槐树街2号四川文艺出版社邮购部　610031
排　　版	四川最近文化传播有限公司
印　　刷	成都市金雅迪彩色印刷有限公司
成品尺寸	168mm×238mm　　开　本　16开
印　　张	13.25　　字　数　210千
版　　次	2017年7月第一版　　印　次　2020年3月第七次印刷
书　　号	ISBN 978-7-5411-4587-2
定　　价	35.00元

版权所有・侵权必究。如有质量问题，请与出版社联系更换。028-86259301

自序 找到生活的慢

这是一个以快为尺度的时代，人类对速度的欲求填满了地表的每处角落，地球和我们的内心已经越来越承载不起。生活需要慢下来，给自己，也给地球，一个喘息的机会。

喘息不是精神懈怠，不是时光虚抛，而是厚积薄发，是在每一个瞬间都认真地度过，在每一片风景都驻足停留。午后咖啡，假日旅行，偷得浮生半日闲，都是一种休憩。但生活的慢，又不止于外在的身体状态，它可以更丰富，更深厚，更博大。就像某企业所提倡的，生活的慢，应是一个完整的文化生态。

源远流长的传统，就像一条向时间深处前行的文化之河，铺开在历史之流上，缓慢坚实地流淌，成为一代代的源头活水，让我们慢慢取用。快节奏的生活，往往会把人限定在一个固定的轨道，一个狭窄的视角。走入人类历史的深处，那些伫立至今斑斑可触的文明遗迹，把外部时间数千年的文明旅程浓缩为一次性呈现，与之相比，当下的时空促迫、生活困顿何足道哉？如果所有的人类活动，在地球上一晃而过，不留痕迹，毫无传承，则文明之光无从谈起。文化之慢，奠定了文明之基。这就是在文化中找到生活的慢。

在指标化生存的现代社会，那些无法量化考核的传统审美项目，如昆曲、书法和饮茶，从外部形式来看，共同的特点也是慢。身处其中，人会从数字绩效的管理中摆脱出来，没有理论硬块和思维板结，只是清新灵动的自我舒张。一旦轻摇莲步、缓铺纸砚、细细品咂，效率再无意义。这些审美活动离普通人的日常生活并不遥远，慢读了《慢读秋雨》的朋友一定会迫不及待地磨墨写字、买票听戏、煮水喝茶。这就是在审美中找到生活的慢。

现代化把人组织到各种异化的生产线上，在张皇失措中忙碌完一天又一天。回归心灵，体验一种来自灵魂深处的熟悉的安详，才能听到自己生命的原始节奏。倾听自己，并不是执着于"我"，而是观察一种生命状态，能够扩展和超脱到什么程度。当坦然全然地接受终局，无所依顿的心灵有了归宿，亦可在异化的现代文明中保住自己的本性不失，在人生的风吹浪打中闲庭信步，给浮嚣以宁静，给躁急以清冽，让生命的杂音归于寂灭。这是在回归心灵中找到生活的慢。

朝华之草，夕而零落；松柏之茂，隆寒不衰。生存方式的慢，经久而醇厚，展开为文化的慢，审美的慢，心灵的慢，就是更深厚博大的慢生活。本书即按照这种对慢生活的理解思路，从旧文中遴选二十六篇文字，以传统、远方、审美和心灵为主题分为四辑，为读者呈现一个独特的慢读主题。

最后有一点说明。从城市标杆罗马到约旦古城佩特拉，从西方文明起点克里特到以慢节奏闻名于世的尼泊尔，从每天都是节日的布拉格到水城威尼斯，本书不崇尚煊赫的事功，不偏袒一时的耀眼，而是用大历史的文明尺度，让具有典范意义的文化群落皆能有所呈现，给人类走过的路，摹画出几个脚印，无论这些脚印是清晰是模糊，是深渊是浅滩。所以读者朋友也不妨把这本小书当成一部简明的人类文明史来读。

目 录

第一辑 ◎ 慢走华夏

第一诗人 003

每次吟诵《诗经》总会联想到一个梦境：在朦胧的夜色中，一群人马返回山寨要唱几句约定的秘曲，才得开门。《诗经》便是中华民族在夜色中回家的秘曲，一呼一应，就知道是自己人。

一座默默无声的高峰 012

喜欢做梦的人很多，但你知道最厉害的做梦人是什么样的吗？那就是把自己的梦变成民族的梦。在中国文化的历史上，真正做到这一点的只有陶渊明。那梦，叫桃花源。

盛唐是一种心态 015

唐朝，尽自己的力量吸纳着世界各地的精神流浪者。

都江堰 019

一个两千多年前的水利工程，没有成为西风残照下的废墟，没有成为考古学家们的难题，而是直到今天还一直执掌着亿万人的生计，这样的奇事你相信吗？

阳关雪 024

文人的魔力，竟能把偌大一个世界的生僻角落，变成人人心中的故乡。他们薄薄的青衫里，究竟藏着什么法术呢？

白发苏州 029

海内美景多的是，唯苏州，能给我一种真正的休憩。

黄州突围 035

中国历史上，许多人觉悟在过于苍老的暮年，刚要享用成熟所带来的恩惠，脚步却已踉跄蹒跚。与他们相比，苏东坡真是好命。

一个庭院 039

很多年前那次夜间潜入，让我在无意中碰撞到了中华文化存废之间的又一个十字路口：一条是燥热的死路，一条是冷清的生路。

仰望云门 045

从林怀民，到白先勇、余光中，我领略了一种以文化为第一生命的当代君子风范。而且，他们顺便也告诉大家：什么是一种古老文化的"现代形态"和"国际接受"。

第二辑 ◎ 慢观世界

罗马假日 057

罗马的伟大是一种永恒的典范。欧洲其他城市的历代设计者，连梦中都有一个影影绰绰的罗马。

寻常威尼斯 062

这座纯粹的水城紧贴大海，曾经是世界的门户、欧洲的重心、地中海的霸主。甚至一度，还是自由的营地、人才的仓库、教廷的异数。它的昔日光辉，都留下了遗迹，这使历史成为河岸景观。

哈维尔不后悔 067

"我们地方太小，城市太老，总也打不过人家，那就不打；但布拉格相信，是外力总要离开，是文明总会留下，你看转眼之间，满街的外国坦克全都变成了外国旅客。"

哀希腊 074

现代世界上再嚣张、再霸道的那些国家，说起那个时代，也会谦卑起来。他们会突然明白自己的辈分，自己的幼稚。

人类还非常无知 077

我们平日总以为人类的那些早期圣哲一定踩踏在荒昧的地平线上，谁知回溯远处的远处，却是一种时髦而精致的生活形态。（克里特岛的）种种细节都在微笑着反问我们：你们，是否还敢说"古代"和"现代"？

文字外的文明 080

我们一路探访的，大多是名垂史册的显形文明，而佩特拉提供了另一种让历史学家张口结舌的文明形态。它说，人类有比常识更长的历史、更多的活法、更险恶的遭遇、更寂寞的辉煌。

最后一个话题 083

世界各国的文明人都喜欢来尼泊尔，不是来寻访古迹，而是来沉浸自然。没想到人类苦苦折腾了几千年，最喜欢的并不是自己的创造物。外来旅行者也喜欢这里的生活气氛，喜欢淳真、忠厚、慢节奏。

第三辑 ◎ 慢享至美

线的艺术——书法之美 087

千百年来，在这块辽阔的土地上，什么都可以分裂、诀别、遗佚、湮灭，唯一断不了、挣不脱的，就是这些黑黝黝的流动线条。

戏中极品——昆曲之美 097

人类戏剧史上的任何一个奇迹，表面上全然出于艺人，其实应更多地归功于观众。如果没有波涌浪卷的观众集合，那么，再好的艺术家也只能是寂寞的岸边怪石，形不成浩荡的景观。

纯粹的生态文化——品鉴普洱茶 112

普洱茶丰富、复杂、自成学问的程度，在世界上，只有法国的红酒可以相比。

第四辑 ◎ 慢品浮生

君子之道 127

文化的终极成果，是人格。中国文化的人格模式还有不少，其中衍伸最广、重叠最多、渗透最密的，莫过于"君子"。这也可以说是一个庞大民族在自身早期文化整合中的"最大公约数"。

仁者乐山 134

奥地利告诉我们，人类只有收敛自我，才能享受最完美的自然。

江南小镇 138

当代文人都喜欢挤在大城市里，习惯地接受全方位的"倾轧"。大家似乎什么也不缺，但仔细一想，却缺了那些河道、那些小船、那些梨花，缺了那一座座未必是江南的"江南小镇"。

故　乡 145

在茫茫山河间，每个人都能指出一个小点。那是自己的出生地，也可以说是家乡、故乡。真正的游子是不大愿意回乡的，走在外面又没完没了地思念，结果终于傻傻地问自己，家乡究竟在哪里？

岁月之味 156

"生命是一条江，发源于远处，蜿蜒于大地，上游是青年时代，中游是中年时代，下游是老年时代。上游狭窄而湍急，下游宽阔而平静。什么是死亡？死亡就是江河入大海，大海接纳了江河，又结束了江河。"

"石一歌"事件 164

真正的强健不是呼集众人，追随众人，而是逆反众人，然后影响众人。"大勇似怯"，"大慈无朋"。

祭　笔 175

这支笔在我手上，已经浸透百年的血泪，我却希望它去重醮千年的辉煌。我知道它所吐出的文字，不止仅有控诉功能。我知道它渴望着描绘褪色已久的尊严。

余秋雨著作正版选目 186

余秋雨文化大事记 192

第一辑
慢走华夏

成都·雍锦世家·荣光之殿

第一诗人

每次吟诵《诗经》总会联想到一个梦境：在朦胧的夜色中，一群人马返回山寨要唱几句约定的秘曲，才得开门。《诗经》便是中华民族在夜色中回家的秘曲，一呼一应，就知道是自己人。

一

我们的祖先远比我们更亲近诗。

这并不是指李白、杜甫的时代，而是还要早得多。至少，诸子百家在黄河流域奔忙的时候，就已经一路被诗歌所笼罩。

他们不管是坐牛车、马车，还是步行，心中经常会回荡起"诗三百篇"，也就是《诗经》中的那些句子。这不是出于他们对于诗歌的特殊爱好，而是出于当时整个上层社会的普遍风尚，而且这个风尚已经延续了很久很久。

由此可知，我们远祖的精神起点很高，在极低的生产力还没有来得及一一推进的时候，就已经"以诗为经"了，这真是了不起。试想，当我们在各个领域已经狠狠地发展了几千年之后，不是越来越渴望哪一天能够由物质追求而走向诗意居息，重新企盼"以诗为经"的境界吗？

"以诗为经"，既是我们的起点，又是我们的目标。"诗经"这两个字，实在可以提挈中华文明的首尾了。

当时流传的诗，应该比《诗经》所收的数量多得多。

司马迁在《史记》中说，是孔子把三千余篇古诗删成三百余篇的。这好像说得不大对，因为《论语》频频谈及诗三百篇，却从未提到删诗的事，孔子的学生和同时代人也没有提过，直到三百多年后才出现这样的记述，总觉得有点儿奇怪。而且，有资料表明，在孔子还是一个孩子的时候，《诗经》的格局已成。成年后的孔子可能订正和编排过其中的音乐，使之更接近原貌。但是，无论是谁选的，也无论是三千选三百，还是三万选三百，《诗经》的选择基数很大，则是毋庸置疑的。

我本人一直非常喜欢《诗经》。过去在课堂上向学生推荐时，不少学生常常因一个"经"字望而却步，我总是告诉他们，那里有一种采自乡野大地的人间情味，像是刚刚收割的麦垛的气味那么诱鼻，却谁也无法想象这股新鲜气味竟然来自数千年前。

我喜欢它的雎鸠黄鸟、蒹葭白露，喜欢它的习习谷风、霏霏雨雪，喜欢它的静女其姝、伊人在水……而更喜欢的，则是它用最干净的汉语短句，表达出了最典雅的喜怒哀乐。

这些诗句中蕴藏着民风、民情、民怨，包含着礼仪、道德、历史，几乎构成了一部内容丰富的社会教育课本。这部课本竟然那么美丽而悦耳，很自然地呼唤出了一种普遍而悠久的吟诵——吟于天南，吟于海北；诵于百年，诵于千年。于是，也熔铸进了民族的集体人格，成为中国文脉的奠基。

中国文脉的奠基分"天、地"二仪：天上的奠基，就是前面说过的那些神话；地上的奠基，就是《诗经》。

苏州·雍锦园·时间倒影

每次吟诵《诗经》总会联想到一个梦境：在朦胧的夜色中，一群人马返回山寨要唱几句约定的秘曲，才得开门。《诗经》便是中华民族在夜色中回家的秘曲，一呼一应，就知道是自己人。

《诗经》是什么人创作的？应该是散落在黄河流域各阶层的庞大群体。这些作品不管是各地进献的乐歌，还是朝廷采集的民谣，都会被一次次加工整理，因此也就成了一种集体创作，很少有留下名字的个体诗人。也就是说，《诗经》所标志的是一个缺少个体诗人的诗歌时代。

这是一种悠久的合唱、群体的美声，这是一种广泛的协调、辽阔的共鸣，这里呈现出一个个被刻画的形象，却很难找到刻画者的面影。

结束这个局面的，是一位来自长江流域的男人。

二

屈原，一出生就没有踩踏在《诗经》的土地上。

中华民族早期在地理环境上的进退和较量说起来太冗长，我就简化为黄河文明和长江文明吧。两条大河无疑是中华农耕文明的两条主动脉，但在很长的历史中，黄河文明的文章要多得多。

无论是那个以黄帝、炎帝为主角并衍生出夏、商、周人始祖的华夏集团，还是那个出现了太皞、少皞、蚩尤、后羿、伯益、皋陶等人的东夷集团，基本上都活动在黄河流域。由此断言黄河是中华民族的母亲河，一点儿不错。

长江流域活跃过以伏羲、女娲为代表的苗蛮集团，但在文明的程度和实力上，都无法与华夏集团相抗衡，最终确实也被战胜了。我们在史籍上见到的尧如何制服南蛮、舜如何更易南方风俗、禹如何完成最后的征战等等，都说明了黄河文明以强势统治长江文明的过程。

但是，黄河文明的这种强势统治不足以消解长江文明，因为任何文明的底层都与地理环境、气候生态、千古风习有关，伟大如尧、舜、禹也未必更易得了。幸好是这样，中华文明才没有在征服和被征服的战火中走向单调。

自古沉浸在神秘奇谲的漫漫巫风中，长江文明不习惯过于明晰的政论和哲思，它的第一个代表人物不是霸主、不是名将、不是圣贤，而是诗人，这是一种必然。

这位诗人不仅出生在长江边，而且出生在万里长江最险峻、最神奇、最玄秘、最具有概括力的三峡，更有一种象征意义。

我多次坐船经过三峡，每次都要满心虔诚地寻找屈原的出生地。我知道，这是自然与人文两方面经过无数次谈判后才找到的一个交集点。

如果说，《诗经》曾经把温煦的民间礼仪化作数百年和声，慰藉了黄河流域的人伦离乱和世情失落，那么，屈原的使命就完全不同了：他只是个人，没有和声；他一意孤行，拒绝慰藉；他心在九天，不在世情……

他有太多太多的不一样，而每一个不一样又都与他身边的江流、脚下的土地有关。

请想一想长江三峡吧，与黄河流域的差别实在太大了：那儿山险路窄、交通不便，很难构成庞大的集体行动和统一话语；那儿树茂藤密、物产丰裕，任何角落都能满足一个人的生存需要，因此也就有可能让他独晤山水、静对心灵；那儿云谲波诡、似仙似幻，很有可能引发神话般的奇思妙想；那里花开花落、物物有神，很难不让人顾影自怜、借景骋怀、感物伤情；那里江流湍急、惊涛拍岸，又容易启示人们在柔顺的外表下志在千里、百折不回。

相比之下，雄浑、苍茫的黄河流域就没有那么多奇丽、那么多掩荫、那么多自足、那么多个性。因此，从黄河到长江，《诗经》式的平原小合唱也就变成了屈原式的悬崖独吟曲。

如果说，《诗经》首次告诉我们，什么叫诗，那么，屈原则首次告诉我们，什么叫诗人。

于是，我们看到屈原走来了，戴着花冠，佩着长剑，穿着奇特的服装，挂着精致的玉佩，面容高贵而憔悴，目光迷惘而悠远。这么一个模样出现在诸子百家风尘奔波的黄河流域是不可想象的，但是请注意，这恰恰是中国历史上第一个以个体形象出现的伟大诗人。《诗经》把诗写在万家炊烟间，屈原把诗写在自己的身心上。

其实屈原在从政游历的时候也到过黄河流域，甚至还去了百家汇聚的稷下学宫，那时当然不是这副打扮，他当时的身份是楚国的官吏和文化学者，从目光到姿态都是理性化、群体化、政治化的。稷下学宫里见到过他的各家学人,也许会觉得这位远道而来的参访者风度翩翩,举手投足十分讲究,却不知道这是长江文明的最重要代表,而且迟早还要以他们无法预料的方式,把更大的范围也代表了,包括他们在内。

代表的资格无可争议,因为即使楚国可以争议,长江可以争议,政见可以争议,学派可以争议,而诗,无可争议。

三

我一直觉得,很多中国文学史家都从根子上把屈原的事情想岔了。

大家都在惋叹他的仕途不得志,可惜他在政坛上被排挤,抱怨楚国统治者对他的冷落。这些文学史家忘了一个最基本的问题:如果他在朝廷一直得志,深受君主重用,没有受到排挤,世界上还会有一个值得每一部中国文学史都辟出专章专节来恭敬叙述的屈原吗?

中国文化人总喜欢以政治来框范文化,让文化成为政治的衍生,他们不知道:一个吟者因冠冕而喑哑了歌声,才是真正值得惋叹的;一个诗人因功名而丢失了诗情,才是真正让人可惜的;一个天才因政务而陷入平庸,才是真正需要抱怨的。而如果连文学史也失去了文学坐标,那就需要把惋叹、可惜、抱怨加在一起了。

直到今天,很多文学史论著作还喜欢把屈原说成是"爱国诗人",这是把一个政治概念放到了文学定位前面。"爱国"?屈原站在当时楚国的立场上反对秦国,是为了捍卫滋养自己生命的土地、文化和政权形式,当然合情合理,但是这里所谓的"国"并不是一般意义上的"国家",我们不应该混淆概念。在后世看来,当时真正与"国家"贴得比较近的,反倒是秦国,因为正是它将统一中国,产生严格意义上的国家观念,形成梁启超所说的"中国之中国"。我们怎么可以把中国在统一过程中遇到的对峙性诉求,反而说成是"爱国"呢?

也许有人会辩解,这只是反映了楚国当时当地的观念。但是,把屈原说成"爱国"的是现代人,现代人怎么可以不知道,作为诗人的屈原早已不是当时当地的了。把速朽性因素和永恒性因素搓捏成一团，把局部性因素和普遍性因素硬扯在一起，而且总是把速朽性、局部性的因素抬得更高，这是很多文化研究者的误区。

寻常老百姓比他们好得多，每年端午节为了纪念屈原包粽子、划龙舟的时候，完全不分地域。不管是当时被楚国侵略过的地方，还是把楚国灭亡的地方，都在纪念。当年的"国界"早就被诗句打通，根本不存在政治爱恨了，那粽子、那龙舟，是献给诗人的。中国民众再慷慨，也不会把两千多年的虔诚送给另一种人。

老百姓比文化人更懂得：文化无界，文化无价。

文化，切莫自卑。

在诸多同类著作中，我独独推崇章培恒、骆玉明主编的那一部《中国文学史》对屈原的分析。书中指出，屈原有美好的政治主张，曾经受到楚怀王的高度信任，但由于贵族出身又少年得志，参加政治活动时表现出理想化、情感化和自信的特点，缺少周旋能力，难以与环境协调，这一切在造成人生悲剧的同时也造就了优秀文学。

这就说对了。正是政治上的障碍，指引了文学的通道，落脚点应该是文学。

我的说法可能会更彻底一点儿：那些日子，中国终于走到了应该有个性文学的高点上了，因此有一种神秘的力量派出一个叫屈原的人去领受各种心理磨炼，让他切身体验一系列矛盾和分裂，例如：信任和被诬、高贵和失群、天国和大地、神游和无助、去国和思念、等待和无奈、自爱和自灭等等，然后再让他以自己的生命把这些悖论冶炼为美，向世间呈示出一个最高坐标：什么是第一等级的诗，什么是第一等级的诗人。

简单说来，这是一种通向辉煌的必要程序。

抽去任何一级台阶，就无法抵达目标，不管那些台阶对攀缘者造成了多大的劳累和痛苦，即便是小人诽谤、同僚侧目、世人疑惑，也不可缺少。

甚至对他自沉汨罗江，也不必投以过多的政治化理解和市井式悲哀。郭沫若认为，屈原是看到秦国军队攻破楚国首都郢，才悲愤自杀的，是"殉国难"。我觉得这恐怕与实际情况有一点儿出入，屈原自沉是在郢都攻破之前好几年，时间不太对。还有一些人认为是楚国朝廷中那些奸臣贼子不想让屈原活着，把他逼死的。在宽泛的意义上这样说说也未尝不可，但一定要编织出一个谋杀故事，却没有具体证据。

我认为，他做出自沉的选择有更深刻的因素，当然有对现实的悲愤，但也有对生命的感悟、对自然的皈服——在弥漫着巫风神话传统的山水间，投江是一种凄美的祭祀仪式。他投江后，民众把原来祭祀东君的日子转移到他的名下，前面说过的包粽子、划龙舟这样的活动，正是祭祀仪式的一部分。

说实话，我实在想不出屈原还有哪一种更好的方式作为生命的句号。世界上的其他文明，要到近代才有不少第一流的诗人、哲学家做出这样的选择。海德格尔在解释这种现象时说，一个人对于自己生命的形成、处境、病衰都是无法控制的，唯一能控制的，就是如何结束生命。

我在北欧旅行时，知道那里每年有不少孤居寒林别墅中的高雅人士选择自杀。看着短暂的白天留给苍原的灿烂黄昏，我一次次联想到屈原，可惜那儿太寂寞，百里难见人迹，无法奢望长江流域湖湘地区初夏时节那勃郁四野的米香和水声。

这种想法是不是超越了时代？美国诗人惠特曼说：所谓诗人，就是那种把过去、现在和将来融为一体的人。当然，惠特曼所说的是少数真正的伟大诗人。

因此，屈原身上本来就包含着今天和明天。

四

自屈原开始，中国文人的内心基调改变了，有了更多的个人话语。虽然其中也关及朝廷和君主，但全部话语的起点和结局却都是自己，凭自己的心、说自己的话、说给自己听，被别人听到，并非本愿，因此也不可能与别人有丝毫争辩。

这种自我非常强大又非常脆弱。强大到天地皆是自己，任凭纵横驰骋；脆弱到风露也成敌人，害怕时序更替，甚至无法承受鸟鸣花落、香草老去。

这样的自我一站立，中国文化不再是以前的中国文化。

帝王权谋可以伤害他，却不能控制他；儒家道家可以滋养他，却不能拯救他。一个多愁善感的孤独生命发出的声音似乎无力改易国计民生,却让每一个听到的人都会低头思考自己的生命。

因此,他仍然孤独却又不再孤独,他因唤醒了人们长久被共同话语掩埋的心灵秘窟而产生了强大的震撼效应。他让很多中国人把人生的疆场搬移到内心,渐渐领悟那里才有真正的诗和文学,因此,他也就从文化的边缘走到了中心。

从屈原开始,中国文人的被嫉受诬,将成为一个纵贯两千多年的主题,所有的高贵和美好也都将从这个主题中产生。

屈原为什么希望太阳不要过于急迫地西沉于崦嵫山?为什么担忧杜鹃啼鸣?为什么宣告要上下而求索?为什么发誓虽九死而无悔?因为一旦被嫉受诬,生命的时间和通道都被剥夺,他要竭尽最后一点儿力量争取。他的别离和不忍,也都与此有关,屈原的这个精神程序已被此后的中国文化史千万次地重复,尽管往往重复得很不精彩。

从屈原开始,中国文学摆开了两重意象的近距离对垒。一边是嫉妒、谣诼、党人、群小、犬豕、贪婪、混浊、流俗、粪壤、萧艾,另一边是美人、幽兰、秋菊、清白、中正、求索、飞腾、修能、昆仑、凤凰。这种对垒有写实,更是象征,诗人就生存在两边中间,因此总是在磨难中追求,又在追求中磨难。诗人本来当然想置身在美人、幽兰一边,但另一边总是奋力地拉扯他,使他不得不终生处于挣扎之中。

屈原的挣扎启示后代读者,常人都有物质上的挣扎和生理上的挣扎,但诗人的挣扎不在那里。屈原的挣扎更告诉中国文学,何谓挣扎中的高贵,何谓高贵中的挣扎。

屈原的高贵由内至外无所不在,但它的起点却是承担了使命之后的痛苦。由痛苦直接酿造高贵似乎不可思议,屈原提供了最早的范本。

屈原不像诸子百家那样总是表现出大道在心、平静从容、不惊不诧。相反,他有那么多的惊诧、那么多的无奈、那么多的不忍,因此又伴随着那么多的眼泪和叹息。他对幽兰变成萧艾感到非常奇怪,不理解为什么美人总是难见、明君总是不醒。更惊叹众人为何那么喜欢谣言,又那么冷落贤良……总之,他有太多的疑问、太多的困惑。他曾写过著名的《天问》,其实心中埋藏着更多的"世问"和"人问"。他是一个询问者,而不是解答者,这也是他与诸子百家的重大区别。

与诸子百家的主动流浪不同，屈原还开启了一种大文化人的被迫流浪，被迫中又不失有限的自由和无限的文采，于是也就掀开了中国的贬官文化史。

由此可见，屈原为诗做了某种定位，为文学做了某种定位，也为诗人和文人做了某种定位。

但是恕我直言，这位在中国几乎人人皆知的屈原，两千多年来依然寂寞，虽然有很多模仿者，却总是难得其神。有些文人在经历和精神上与他有局部相遇，却终究又失之交臂。至于他所开创的自我形态、分裂形态、挣扎形态、高贵形态和询问形态，在中国文学中更是大半失落。

这是一个大家都在回避的沉重课题，在这篇文章中也来不及详述，我只能花费很长时间把屈原的《离骚》翻译成了现代散文。为什么花费很长时间？因为我要经过颇为复杂的学术考订，拂去覆盖在这个作品上面的大量枯藤厚尘，好让我们的屈原，真的走近我们。

合肥·雍锦半岛·山水之间

一座默默无声的高峰

> 喜欢做梦的人很多,但你知道最厉害的做梦人是什么样的吗?那就是把自己的梦变成民族的梦。在中国文化的历史上,真正做到这一点的只有陶渊明。那梦,叫桃花源。

喜欢做梦的人很多,但你知道最厉害的做梦人是什么样的吗?那就是把自己的梦变成民族的梦。在中国文化的历史上,真正做到这一点的只有陶渊明。那梦,叫桃花源。

我在人生的一个关键时刻曾经受到过陶渊明的"加持"。那是在十八年前,我为了成为一个独立文化人决定辞去一所高等艺术学院院长职务,却阻碍重重。我说服不了学院里的师生和国家文化部的领导,已经到了犹豫不决的边缘。但是就在这时,头顶上似乎出现了陶渊明《归去来辞》里的呼唤:"归去来兮,田园将芜,胡不归?"这呼唤,像一声声催促、一声声责问、一声声鞭策,终于使我下了破釜沉舟的决心。因此,最后在国家文化部接受我辞职的欢送大会上,我特地引用了陶渊明的这首诗。

陶渊明所说的"田园",也就是我们现在所说的"精神家园",既是有形的,更是无形的。他本人早年为了家里的生计,做过几次小官,但只要能勉强过日子,就辞职回家。我们初一听,他家里有菊花,有东篱,又看得到南山,非常舒适,但应该明白,他必须自己耕种。就像嵇康抡起铁锤打铁一样,亲力亲为。嵇康再怎么打铁,也是一个贵族知识分子,而陶渊明则选择了远离贵族生活。而且,嵇康和其他魏晋名士都有一点点故意要显摆自己的叛逆姿态,而陶渊明则是完全消失,不让别人追踪。因此,陶渊明更彻底。

细说起来，陶渊明家里人不少，完全靠种田，日子过得比较艰难。最要命的是，回家三年以后，一场大火把他们家烧得干干净净，这下他就陷入深深的贫困之中。四十五岁以后，他的诗文不太讲田园生活的潇洒了，更多的是想到老和死。他的一百多首诗里面，有几十处提到老和死，是中国古代诗人当中提到生命终点最多的，因此也成了最具有生命意识的一个人。他的生命意识，不像先秦诸子那样空蹈，也不像屈原、嵇康那么绮丽，而是体现为一种平实、恳切的状态，与人人都能接通，因此变得特别浩大。

季羡林先生曾对我说，他毕生的座右铭就是陶渊明的一首诗。我一听便笑了，因为那也是我的人生指南。那首诗只是最朴素的四句："纵浪大化中，不喜亦不惧。应尽便须尽，无复独多虑。"

陶渊明的朴素，是对一切色彩的洗涤，因此也是中华文明在当时的一种最佳归结。他吸取了儒家的责任感，但放弃了儒家的虚浮礼仪；他更多地靠近道家，又不追求长生不老；他吸收了佛教的慈悲和看破，却又不陷入轮回迷信。结果，他皈依了一种纯粹的自然哲学：以自然为本，以自然为美，因循自然，欣赏自然，服从自然，投向自然。他本人，也因自然而净化了自我，领悟了生命。

苏州·雍锦园·池畔修竹

陶渊明毕竟是一个大艺术家，他在深入地体验过生命哲学以后，就从自己的院子里跳了出来，跳到了桃花源。我曾在一篇文章中说过，田园是陶渊明的"此岸理想"，桃花源则是他的"彼岸理想"。田园很容易被实际生活的艰难所摧毁，因此他要建造一个永恒的世界。这个世界对现实世界具有一种宁静的批判性，批判改朝换代的历史，批判战乱不断的天地，批判刻意营造的规矩，批判所有违背自然的社会形态。但是，他又把这些批判完成得那么美丽，那么令人神往。

桃花源是无法实现的，这是一种形而上的存在，构成了一个精神天国。有人说中国文化缺少一种超世的理想结构，我觉得桃花源就是。

陶渊明正是为了防止人们对桃花源做出过于现实化、地理化、景观化的低俗理解，因此特地安排了一个深刻的结尾。

当渔人离开桃花源的时候，桃花源人请他不要告诉别人。他出来的时候还在路上做了一些记号，结果再回头就找不到了，彻底迷路。我们的许多小说，即使像《水浒传》《三国演义》和《红楼梦》，都缺少好的结尾，而这篇文章的这个结尾却很漂亮。

中国的超世理想，是由这么干净的文学笔调写出来的，因此不符合西方的学术规范，不被很多学者承认。其实，即使在古代中国，陶渊明也被承认得很晚。陶渊明的作品一直非常寂寞，甚至到了唐代还是这样。唐代已经有人提到他，但那个时代更需要热烈和多情，更需要李白、杜甫、白居易。直到中国历史终于拐入雅致的宋代，大家才开始重新发现陶渊明。最诚挚的发现者是苏东坡，他在《与苏辙书》中说："吾与诗人，无所甚好，独好渊明之诗。渊明作诗不多，然其诗质而实绮，癯而实腴，自曹、刘、鲍、谢、李、杜诸人，皆莫过也。"你看，苏东坡认为陶渊明超过了李白和杜甫，这真是石破天惊之见，不由让人一震。苏东坡晚年又说，"深愧渊明，欲以晚节师范其万一"。也就是说，苏东坡不仅佩服他的文字，而且佩服他的气节。从此以后，人们越来越喜爱陶渊明。当然，这和后来的时势变化也有关系。兵荒马乱的时代，人们会更加思念田园和桃花源。

盛唐是一种心态

> 唐朝，尽自己的力量吸纳着世界各地的精神流浪者。

盛唐，是一种摆脱一元论精神贫乏后的心灵自由，是马背英雄带着三分醉意走到一起后的朗声高歌，是各行各业在至高审美水准上的堂皇聚会，更是世界多元文化的平等交融、安全保存。

凡此种种，并不完全出于朝廷的政策，而是出于一种全民心态。全民心态，源于深刻意义上的"文化"。

现在我们国内有好多城市，都在争取成为"国际名城"，口气很大。从面积、人口、GDP等数据来看，都很像样。具体的硬件更是国际化，例如设计是法国的，木材是巴西的，钢材是德国的，好像这样就是国际大都市了。从市长到市民，都有这个误会。

国际大都市当然需要有经济、交通等方面的基础，但更重要的是一种精神吸引力。它需要有一种特殊的集体心态。

这种心态，简单说来，就是对一切美好事物都有一种吸纳、呈示和保护的欢乐，不管它们来自何处。对于那些一时还不能立即辨别美好还是不美好的事物，也给予存在的权利。

罗马的医术、拜占庭的建筑、阿拉伯的面食、西域各地的音乐舞蹈，都大受唐朝人欢迎。外国来的商人、留学生、外交官、宗教人员随处可见，几乎不存在任何歧视。连皇帝也会很具体地关心到中国来的外国人，哪怕他们还非常年轻。几年前，在西安出土了一个方形的墓碑，上面刻有墓志铭。墓主是一个十九岁的日本留学生，他在长安去世了，中国皇帝居然亲自给这个外国留学生写了墓志铭。墓志铭中提到"日本国"，这是历史上第一次正式出现"日本"两字。二〇〇六年我去东京参加联合国世界文明大会，日本正在纪念这件事，我也参加了隆重的仪式。外国留学生可以参加唐朝的科举考试，因此也能在唐朝做官。

唐代让我特别佩服的是，收容了不少已经被毁灭的外国宗教。你看，不管摩尼教也好，祆教也好，在原来的流传地都遭遇了不幸。摩尼教的创造人摩尼，已经被处以死刑，非常残酷。祆教迫害过摩尼教，但后来自己又被伊斯兰教消灭了。而这些破碎的宗教在长安城里却各有自己的据点，各有自己的信徒。唐朝，尽自己的力量吸纳着世界各地的精神流浪者。

我在伊朗南部的波斯波利斯考察古代波斯王宫的时候，偶然发现祆教发源地就在附近，便赶到那里做了考察，这事在《千年一叹》这本书中有详细描述。我在那里看到的败落景象，中国唐代时就应该是这样了，因为祆教当时已被消灭。但怎么想得到呢，在长安城里面，祆教教堂有四座，都建在朱雀大街上，而且都建造得很好。

在本土已遭消灭的文化，到另外一个地方"死灰复燃"，这就构成了一个重要的文化现象，叫"异地封存"。异地封存看似可怜，却有可能保持住它们的本来形态，就像被蜡封在一个坛子里。一个地方，能让远方的文化

成都·雍锦王府·良会可期

"异地封存",这是一种文明的气度,应该受到永远的尊敬。

唐代吸收了外国那么多东西,却没有吸收外国的制度文化,而日本和新罗都根据唐代的制度文化促进了自己国家的改革。什么叫盛世?这就叫盛世。

以唐代长安来比照一下现代世界。现在已经是全球化时代,信息充分公开,哪个城市是国际金融中心、国际航运中心,都有明确的数据可以比较,但从文化上来评判国际大都市就有一定难度了。

那么,我们就来讨论一下,现在世界上有哪几个城市是公认的国际文化大都市?

要成为国际文化大都市,必须凭借着自身的体制优势在很长时间内成为世界文化创造者聚集的中心,并有源源不断的重大创新成果被世界广泛接受。伦敦拥有过莎士比亚,这当然不错,但这并不是它在今天仍然要成为国际文化大都市的主要原因。历史毕竟只是历史,在欧洲,雅典、罗马、佛罗伦萨的文化历史更辉煌,却也无法进入我们选择的行列。对此,过于喜欢炫耀本地历史的中国市长们需要清醒。

如果把时间推到十九世纪后期到二十世纪前期,我们的第一选择应该是巴黎。多少艺术创造者在那里工作,多少新兴流派在那里产生。普法战争中法国惨败,但在七年后举行的世界博览会上,巴黎又骄傲地显示出自己仍然是欧洲文化的引领者。两次世界大战之后,美国地位急剧上升,使纽约具有了更大的文化会聚能力。这曾使巴黎很不服气,直到现在,巴黎市面上对于美国文化还有点儿格格不入。但是事实是无情的,从好莱坞到麦当劳,都已经对巴黎深度渗透。伦敦的会聚力和创造力,虽然比不上纽约和巴黎,却也不可小觑。

在文化上,东京吸收得多,吐出得少。日本文化从本性上比较内向,即使在过去的军事扩张和现在的技术输出中,文化还是内向的。日本的文化创意,更多地停留在设计层面和技术层面,而较少在人文层面上被世界广泛接受。

香港具有国际化和自由度的优势,本应在文化上产生更大的力度。但是,由于一直缺少文化身份,构不成城市规模的文化氛围。直到今天,热点是芜杂的,情绪是偏激的,创造是断残的。我现在还看不到香港文化的乐观前景。

在大中华文化圈里，内地几座城市的文化，官场意志太重，近年来网络和传媒又被民粹文化所左右，等级越来越低，实在让人厌烦；台北的文化曾经有不错的底子，但近年来政治话题过于浓烈，降低了文化的能见度。

法兰克福本来是有资格的，倒不是因为它是歌德的故乡。它可以被选的原因有三：一是法兰克福学派；二是法兰克福书展；三是它一度被称为德国传媒中心。但这些年来，三个因素都明显趋软。法兰克福学派已经有很多年缺少重大成果；法兰克福书展仍然不错，但世界上其他大规模的书展也已经层出不穷；至于传媒中心，自从德国把首都从波恩迁回柏林，情况发生了很大改变。因此，这几年我已经不把它划进来了。

对于中国城市的文化创建，一、必须着眼于当代创新，而不要继续炫耀自己城市过去有过的文化陈迹；二、必须着眼于多方人才的引进，而不要继续在已有的圈子里拔苗助长；三、必须着眼于保护文化人才，使他们免遭伤害，而不要对文化伤害事件漠不关心；四、必须着眼于个体创造，而不要继续以官方的意志来"打造文化"。

我在说这些意见时，不完全以国外的文化大都市作为标准。更常用的对比坐标，倒是唐代的长安。

三年前我在美国纽约大学亨特学院演讲时曾说："作为当代国际文化大都市，纽约与古代国际文化大都市长安相比，有一个重大欠缺，那就是欠缺诗意。一座城市缺少诗意，就像一个美女缺少韵味，终究是一个遗憾。"

都江堰

> 一个两千多年前的水利工程，没有成为西风残照下的废墟，没有成为考古学家们的难题，而是直到今天还一直执掌着亿万人的生计，这样的奇事你相信吗？

一

一位年迈的老祖宗，没有成为挂在墙上的画像，没有成为写在书里的回忆，而是直到今天还在给后代挑水、送饭，这样的奇事你相信吗？

一匹千年前的骏马，没有成为泥土间的化石，没有成为古墓里的雕塑，而是直到今天还踯躅在家园四周的高坡上，守护着每一个清晨和夜晚，这样的奇事你相信吗？

当然无法相信。但是，由此出现了极其相似的第三个问题：

一个两千多年前的水利工程，没有成为西风残照下的废墟，没有成为考古学家们的难题，而是直到今天还一直执掌着亿万人的生计，这样的奇事你相信吗？

仍然无法相信，但它真的出现了。

它就是都江堰。

这是一个不大的工程，但我敢说，把它放在全人类文明奇迹的第一线，也毫无愧色。

世人皆知万里长城，其实细细想来，它比万里长城更激动人心。万里长城当然也非常伟大，展现了一个民族令人震惊的意志力。但是，万里长城的实际功能历来并不太大，而且早已废弛。都江堰则不同，有了它，旱涝无常的四川平原成了天府之国，每当中华民族有了重大灾难，天府之国总是沉着地提供庇护和濡养。有了它，才有历代贤臣良将的安顿和向往，才有唐宋诗人出川入川的千古华章。说得近一点儿，有了它，抗日战争时的中国才有一个比较稳定的后方。

它细细渗透，节节延伸，延伸的距离并不比万里长城短。或者说，它筑造了另一座万里长城。而一查履历，那座名声显赫的万里长城还是它的后辈。

二

我去都江堰之前，以为它只是一个水利工程罢了，不会有太大的游观价值。只是要去青城山玩，要路过灌县县城，它就在近旁，就乘便看一眼吧。因此，在灌县下车，心绪懒懒的，脚步散散的，在街上胡逛，一心只想看青城山。

七转八弯，从简朴的街市走进了一个草木茂盛的所在。脸面渐觉滋润，眼前愈显清朗，也没有谁指路，只是本能地向更滋润、更清朗的去处去。

忽然，天地间开始有些异常，一种隐隐然的骚动，一种还不太响却一定是非常响的声音，充斥周际。如地震前兆，如海啸将临，如山崩即至，浑身骤起一种莫名的紧张，又紧张得急于趋附。

不知是自己走去的还是被它吸去的，终于陡然一惊，我已站在伏龙观前。眼前，急流浩荡，大地震颤。

即便是站在海边礁石上，也没有像这里这样强烈地领受到水的魅力。海水是雍容大度的聚汇，聚汇得太多太深，茫茫一片，让人忘记它是切切实实的水、可掬可捧的水。这里的水却不同，要说多也不算太多，但股股叠叠都精神焕发，合在一起比赛着飞奔的力量，踊跃着喧嚣的生命。

这种比赛又极有规矩，奔着奔着，遇到江心的分水堤，唰的一下裁割为二，直窜出去，两股水分别撞到了一道坚坝，立即乖乖地转身改向，再在另一道坚坝上撞一下，于是又根据筑坝者的指令来一番调整……

也许水流对自己的驯顺有点儿恼怒了，突然撒起野来，猛地翻卷咆哮，但越是这样越是显现出一种更壮丽的驯顺。已经咆哮到让人心魄俱夺，也没有一滴水溅错了方向。

水在这里，吃够了苦头，也出足了风头，就像一大拨翻越各种障碍的马拉松健儿，把最强悍的生命付之于规整，付之于企盼，付之于众目睽睽。

看云看雾看日出各有胜地,要看水,万不可忘了都江堰。

三

这一切,首先要归功于遥远的李冰。

四川有幸,中国有幸,公元前三世纪出现过一项并不惹人注目的任命:李冰任蜀郡守。

据我所知,这项任命与秦统一中国的宏图有关。本以为只有把四川作为一个富庶的根据地和出发地,才能从南线问鼎长江流域。然而,这项任命到了李冰那里,却从一个政治计划变成了一个生态计划。

他要做的事,是浚理,是消灾,是滋润,是灌溉。

他是郡守,手握一把长锸,站在滔滔江边,完成了一个"守"字的原始造型。

没有资料可以说明他作为郡守在其他方面的才能,但因为有过他,中国也就有了一种冰清玉洁的行政纲领。

中国后来官场的惯例,是把一批批杰出学者选拔为无所专攻的官僚,而李冰却因官位而成了一名实践科学家。

他当然没有在哪里学过水利。但是,以使命为学校,竭力钻研几载,他总结出治水三字经、八字真言,直到二十世纪仍是水利工程的圭臬。

他的这点儿学问,永远水气淋漓。而比他年轻的很多典籍却早已风干,松脆得难以翻阅。

他没有料到,他治水的韬略很快被偷换成了治人的谋略;他没有料到,他想灌溉的沃土都将成为战场。他只知道,这个人种要想不灭绝,就必须要有清泉和米粮。

他大愚,又大智;他大拙,又大巧。他以田间老农的思维,进入了最清澈的人类学思考。

他未曾留下什么生平故事,只留下硬扎扎的水坝一座,让人们去猜想。

人们到这儿一次次纳闷:这是谁啊,死于两千年前,却明明还在指挥水流。站在江心的岗亭前,"你走这边,他走那边"的吆喝声、劝诫声、慰抚声，声声入耳。

李冰在世时已考虑事业的承续，命令自己的儿子做三个石人，镇于江间，测量水位。李冰逝世四百年后，也许三个石人已经损缺，汉代水官重造高及三米的"三神石人"以测量水位。这"三神石人"其中一尊，居然就是李冰的雕像。

这位汉代水官一定是承接了李冰的伟大精魂，竟敢把自己尊敬的祖师放在江中用于镇水测量。他懂得李冰的心意，唯有那里才是其最合适的岗位。

石像终于被岁月的淤泥掩埋。二十世纪七十年代出土时，有一尊石像头部已经残缺，手上还紧握着长锸。有人说，这是李冰的儿子。

即使不是，我仍然把他看成是李冰的儿子。一位现代女作家见到这尊塑像怦然心动"没淤泥而蔼然含笑，断颈项而长锸在握"，她由此向现代官场衮衮诸公诘问：活着或死了，应该站在哪里？

出土的石像现正在伏龙观里展览。人们在轰鸣如雷的水声中向他们默默祭奠。在这里，我突然产生了对中国历史的某种乐观：只要李冰的精魂不散，李冰的儿子会代代繁衍。轰鸣的江水，便是至圣至善的遗言。

四

看到了一条横江索桥。桥很高，桥索由麻绳、竹篾编成。跨上去，桥身就猛烈摆动。越是犹豫进退，摆动就越大。

在这样高的地方偷看桥下，一定会神志慌乱。但这是索桥，到处漏空，由不得你不看。一看之下，先是惊吓，后是惊叹。

脚下的江流，从那么遥远的地方奔来，一派义无反顾的决绝势头，挟着寒风，吐着白沫，凌厉锐进。我站得这么高还能感觉到它的砭肤冷气，估计是从雪山赶来的吧。但是，再看桥的另一边，它硬是化作许多亮闪闪的河渠，一片慈眉善目。人对自然力的调理，居然做得这么爽利。如果人类做什么事都这么爽利，地球早已是另一副模样。

都江堰调理自然力的本事，被近旁的青城山做了哲学总结。

青城山是道教圣地，而道教是唯一在中国土生土长的大宗教。道教汲取了老子和庄子的哲学，把水作为教义的象征。水，看似柔顺无骨，却能变得气势滚滚，波涌浪叠，无比强大；看似无色无味，却能挥洒出茫茫绿野，累累硕果，万紫千红；看似自处低下，却能蒸腾九霄，为云为雨，为虹为霞……

看上去，是人在治水；实际上，却是人领悟了水，顺应了水，听从了水。只有这样，才能天人合一，无我无私，长生不老。

这便是道。

道之道，也就是水之道，天之道，生之道。因此也是李冰之道、都江堰之道。道无处不在，却在都江堰做了一次集中呈现。

因此，都江堰和青城山相邻而居，互相映衬，彼此佐证，成了研修中国哲学的最浓缩课堂。

那天我带着都江堰的浑身水气，在青城山的山路上慢慢攀登。忽见一道观，进门小憩。道士认出了我，便铺纸研墨，要我留字。我当即写下了一副最朴素的对子：

拜水都江堰，问道青城山。

我想，若能把"拜水"和"问道"这两件事当作一件事，那么，也就领悟了中华文化的一大秘密。

苏州·雍锦园·假山垒叠

阳关雪

> 文人的魔力，竟能把偌大一个世界的生僻角落，变成人人心中的故乡。他们薄薄的青衫里，究竟藏着什么法术呢？

在中国古代，文官兼有文化身份和官场身份。在平日，自己和别人关注的大多是官场身份，但奇怪的是，当峨冠博带早已零落成泥，崇楼华堂也都沦为草泽之后，那一杆竹管毛笔偶尔涂画的诗文，却有可能镌刻山河、雕镂人心，永不漫漶。

我曾有缘，在黄昏的江船上仰望过白帝城，在浓冽的秋霜中登临过黄鹤楼，还在一个除夕的深夜摸到了寒山寺。我的周围人头济济，可以肯定，绝大多数人的心头，都回荡着那几首不必引述的古诗。

人们来寻景，更来寻诗。这些诗，他们在孩提时代就能背诵。孩子们的想象，诚恳而逼真。因此，这些城，这些楼，这些寺，早在心头自行搭建。

待到年长，当他们刚刚意识到有足够脚力的时候，也就给自己负上了一笔沉重的宿债，焦渴地企盼着对诗境实地的踏访，为童年，为想象，为无法言传的文化归属。

有时候，这种焦渴，简直就像对失落的故乡的寻找，对离散的亲人的查访。

文人的魔力，竟能把偌大一个世界的生僻角落，变成人人心中的故乡。他们薄薄的青衫里，究竟藏着什么法术呢？

今天，我冲着王维的那首《渭城曲》，去寻阳关了。出发前曾在下榻的县城向老者打听，回答是："路又远，也没什么好看的。这雪一时下不停，别去受这个苦了。"我向他鞠了一躬，转身钻进雪里。

一走出小小的县城，便是沙漠。除了茫茫一片雪白，什么也没有，连一个褶皱也找不到。在别地赶路，总要每一段为自己找一个目标，盯着一棵树，赶过去，然后再盯着一块石头，赶过去。在这里，睁疼了眼也看不见一个目标，哪怕是一片枯叶、一个黑点。于是，只好抬起头来看天。

从未见过这样完整的天，一点儿没有被吞食、被遮蔽，边沿全是挺展展的，紧扎扎地把大地罩了个严实。

有这样的地，天才叫天；有这样的天，地才叫地。在这样的天地中独个儿行走，侏儒也变成了巨人；在这样的天地中独个儿行走，巨人也变成了侏儒。

天竟晴了，风也停了，阳光很好。没想到沙漠中的雪化得这样快，才片刻，地上已见斑斑沙底，却不见湿痕。

天边渐渐飘出几缕烟迹，并不动，却在加深。疑惑半晌，才发现，那是刚刚化雪的山脊。

地上有一些奇怪的凹凸，越来越多，终于构成了一种令人惊骇的铺陈。我猜了很久，又走近前去蹲下身来仔细观看，最后得出结论：那全是远年的坟堆。

这里离县城已经很远，不大会成为城里人的丧葬之地。这些坟堆被风雪

无锡·雍锦里·窥园

所蚀，因年岁而塌，枯瘦萧条，显然从未有人祭扫。它们为什么会有那么多，排列得又是那么密呢？只可能有一种理解：这里是古战场。

我在望不到边际的坟堆中茫然前行，心中浮现出艾略特的《荒原》。这里正是中华历史的荒原：如雨的马蹄，如雷的呐喊，如注的热血。中原慈母的白发，江南春闺的遥望，湖湘稚儿的夜哭。故乡柳荫下的诀别，将军咆哮时的怒目，丢盔弃甲后的军旗。随着一阵烟尘，又一阵烟尘，都飘散远去。

我相信，死者临死时都是面向朔北敌阵的；我相信，他们又很想在最后一刻回过头来，给熟悉的土地投注一个目光。于是，他们扭曲地倒下了，化作沙堆一座座。

这繁星般的沙堆，不知有没有换来史官们的几行墨迹？堆积如山的中国史籍，写在这个荒原上的篇页还算是比较光彩的，因为这儿是历代王朝的边远地带，担负着保卫华夏疆域的使命。所以，这些沙堆还铺陈得较为自在，这些篇页也还能哗哗作响。就像眼下单调的土地一样，出现在这里的历史命题也比较单纯。在中原内地就不同了，那儿没有这么大大咧咧铺陈开来的坦诚，一切都在花草掩映中发闷，无数不知为何而死的冤魂，只能悲愤懊丧地深潜地底，使每片土地都疑窦重重。相比之下，这片荒原还算荣幸。

远处已有树影。疾步赶去，树下有水流，沙地也有了高低坡斜。登上一个坡，猛一抬头，看见不远的山峰上有荒落的土墩一座，我凭直觉确信，这便是阳关了。

树愈来愈多，开始有房舍出现。这是对的，重要关隘所在，屯扎兵马之地，不能没有这一些。转几个弯，再直上一道沙坡，爬到土墩底下，四处寻找，近旁正有一碑，上刻"阳关古址"四字。

这是一个俯瞰四野的制高点。西北风浩荡万里，直扑而来，踉跄几步，方才站住。脚是站住了，却分明听到自己牙齿打战的声音，鼻子一定是立即冻红了的。呵一口热气到手掌，捂住双耳用力蹦跳几下，才定下心来睁眼。

这儿的雪没有化，当然不会化。所谓古址，已经没有什么故迹，只有近处的烽火台还在，这就是刚才在下面看到的土墩。土墩已坍了大半，可以看见一层层泥沙，拌和着一层层苇草。苇草飘扬出来，在千年之后的寒风中抖动。

向前俯视，是西北的群山，都积着雪，直伸天际。我突然觉得自己是站在大海边的礁石上，那些山全是冰海冻浪。

王维的笔触实在是温厚。对于这么一个阳关，他仍然不露凌厉惊骇之色，而只是文静淡雅地写道："劝君更尽一杯酒，西出阳关无故人。"他瞟了一眼渭城客舍窗外青青的柳色，看了看友人已打点好的行囊，微笑着举起了酒壶再来一杯吧，阳关之外，也许就找不到可以这样对饮畅谈的老朋友了。

这杯酒，友人一定是毫不推却、一饮而尽的。

这便是唐人风范。他们多半不会声声悲叹，执袂劝阻。他们的目光放得很远，他们的人生道路铺展得很广。告别是经常的，步履是放达的。这种神貌，在李白、高适、岑参那里，焕发得越加豪迈。由此联想到，在南北各地的古代造像中，唐人造像一看便可识认，形体那么健美，目光那么平静，笑容那么肯定，神采那么自信。

成都·雍锦王府·水墨丹青

在欧洲看蒙娜丽莎的微笑，你立即就能感受，这种恬然的自信只属于那些真正从中世纪的梦魇中苏醒、对前路挺有把握的艺术家们。这些艺术家以多年的奋斗，执意要把微笑输送进历史的魂魄。而更早就具有这种微笑的唐代，却没有把它的自信延续久远。阳关的风雪，竟越见凄迷。

王维诗画皆称一绝，莱辛等西方哲人反复论述过的诗与画的界限，在他是可以随脚出入的。但是，长安的宫殿只为艺术家们开了一个狭小的边门，只允许他们以文化侍从的身份躬身而入。这里，不需要艺术闹出太大的人文局面，不需要对美有太深的人性寄托。

于是，九州的文风渐渐刻板。阳关，再也难以享用温醇的诗句。西出阳关的文人越来越少，只有陆游、辛弃疾等人一次次在梦中抵达，倾听着穿越沙漠冰河的马蹄声。但是，梦毕竟是梦，他们都在梦中死去。

即便是土墩、石城，也受不住见不到诗人的寂寞。阳关坍弛了，坍弛在一个民族的精神疆域中。它终成废墟，终成荒原。身后，沙坟如潮；身前，寒峰如浪。谁也不能想象，这儿，一千多年之前曾经验证过人生旅途的壮美、艺术情怀的宏广。

这儿应该有几声胡笳和羌笛的，如壮汉啸吟，与自然浑和，却夺人心魄。可惜它们后来都不再欢跃，成了兵士们心头的哀音。既然一个民族都不忍听闻，它们也就消失在朔风之中。

回去吧，时间已经不早，怕还要下雪。

白发苏州

> 海内美景多的是,唯苏州,能给我一种真正的休憩。

一

两千多年前,世界上已经有几座不错的城市。但是,这些城市都相继沦为废墟。人类的文明地图,一直在战火的余烬中不断改变。往往是,越是富贵的所在,遭受的抢掠越是严重,后景越是荒凉。

不必说多次被夷为平地的巴格达和耶路撒冷,看看一些正常的城市也够让人凄伤。

公元前后,欧洲最早的旅行者看到乱草迷离的希腊城邦遗迹,声声长叹。六世纪,罗马城衰落后的破巷、泥坑、脏水,更让人无法面对……

有哪一座城市,繁华在两千多年前而至今依然繁华,中间几乎没有中断?

我想,那个城市在中国,它的名字叫苏州。

不少学者试图提升苏州的自信,把它说成是"东方的威尼斯"。我听到这样的封号总是哑然失笑,因为不说别的,仅仅来比这两个水城的河道:当苏州精致的花岗石码头边船楫如梭的时候,威尼斯还是一片沼泽荒滩。

二

苏州是我常去之地。海内美景多的是,唯苏州,能给我一种真正的休憩。柔婉的言语,姣好的面容,精雅的园林,幽深的街道,处处给人以感官上的宁静慰藉。现实生活常常搅得人心智烦乱，而苏州的古迹会让你定一定情怀。有古迹必有题咏，大多是古代文人的感叹，读一读，能把你心头的皱褶熨抚得平平展展。看得多了，也便知道，这些文人大多也是来休憩的。他们不想在这儿创建伟业，但在外面事成事败之后，却愿意到这里来住住。苏州，是中国文化宁谧的后院。

我有时不禁感叹，做了那么长时间的后院，苏州在中国文化史上的地位是不公平的。京城史官的眼光很少在苏州停驻，从古代到近代，吴侬软语与玩物丧志同义。

理由是明白的：苏州缺少帝京王气。

这里没有森然殿阙，只有园林。这里摆不开战场，徒造了几座城门。这里的曲巷通不过堂皇的官轿，这里的民风不崇拜肃杀的禁令。

这里的流水太清，这里的桃花太艳，这里的弹唱有点儿撩人，这里的小食太甜，这里的女人太俏，这里的茶馆太多，这里的书肆太密，这里的书法过于流丽，这里的绘画不够苍凉遒劲，这里的诗歌缺少易水壮士低哑的喉音。

于是，苏州面对着种种冷眼，默默地端坐着，迎来送往，安分度日；却也不愿意重整衣冠，去领受那份王气。反正已经老了，去吃那种追随之苦做甚？

三

说来话长，苏州的委屈，两千多年前已经受了。

当时正是春秋晚期，苏州一带的吴国和浙江的越国打得难解难分。其实吴、越本是一家，两国的首领都是外来的冒险家。先是越王勾践击败吴王阖闾，然后又是继任的吴王夫差击败越王。越王利用计谋卑怯称臣，实际上发愤图强，终于在十年后卷土重来，成了春秋时代最后一个霸主。

这事在中国差不多人所共知，原是一场分不清是非的混战，可惜后人只欣赏越王的计谋和忍耐，嘲笑吴王的该死。千百年来，越国的首府一直被称颂为"报仇雪耻之乡"，那么苏州呢？当然是"亡国亡君之地"。

细想吴越混战，最苦的是苏州百姓。吴越间打的几次大仗，有两次是野外战斗，一次在嘉兴南部，一次在太湖洞庭山，而第三次则是越军攻陷苏州，所遭惨状一想便知。早在越王用计期间，苏州人已连续遭殃。越王用煮过的稻子当作种子上贡吴国，吴国用以撒种，颗粒无收，灾荒由苏州人民领受。越王怂恿吴王享乐，亭台楼阁建造无数，劳役由苏州人民承担。最后，亡国奴的滋味，又让苏州人民品尝。

传说越王计谋中还有重要一项，就是把越国的美女西施进献给吴王，诱使他荒淫无度，懒理国事。计成，西施却被家乡来的官员投沉江中，因为她已与"亡国"二字相连，霸主最为忌讳。

苏州人心肠软，他们不计较这位顶着"越国间谍"身份的姑娘给自己带来过多大的灾害，只觉得她可怜，真真假假地留着她的大量遗迹来纪念。据说今日苏州西郊灵岩山顶的灵岩寺，便是当初西施居住的所在，吴王曾名之"馆娃宫"。灵岩山是苏州一大胜景，游山时若能遇到几位热心的苏州老者，他们还会细细告诉你，何处是西施洞，何处是西施迹，何处是玩月池，何处是吴王井，处处与西施相关。

你看，当越国人一直为报仇雪耻的传统而自豪的时候，他们派出的西施姑娘却被对方民众照顾着，清洗着，梳理着，辩解着，甚至供奉着。

苏州人甚至还不甘心于西施姑娘被人利用后又被沉死的悲剧。明代梁辰鱼作《浣纱记》，让西施完成任务后与原先的情人范蠡泛舟太湖而隐遁。这确实是善良的，但这么一来，又产生了新的尴尬：这对情人既然原先已经爱深情笃，那么西施后来在吴国的奉献，就与人性太相悖。

前不久一位苏州作家给我看他的一部新作，写勾践灭吴后，越国正等着女英雄西施凯旋，但西施已经真正爱上了自己的夫君吴王夫差，甘愿陪着他一同流放边荒。

这还比较合理。

我也算一个越人吧，家乡曾属会稽郡管辖。无论如何，我钦佩苏州的见识和度量。

四

吴越战争以后，苏州一直没有发出太大的音响。千年易过，直到明代，苏州突然变得坚挺起来。

对于遥远京城空前的腐败集权,竟然是苏州人反抗得最为厉害:先是苏州织工大暴动,再是东林党人反对魏忠贤。朝廷特务在苏州逮捕东林党人时,遭到苏州全城的反对。柔婉的苏州人这次是踏着血泪冲击,冲击的对象是皇帝最信任的"九千岁"。这件事情结束后,苏州人把五位抗争时牺牲的普通市民葬在虎丘山脚下,立了墓碑,让他们安享山色和夕阳。

这次浩荡突发,使整整一部中国史都对苏州人另眼相看。这座古城怎么啦?脾性一发,让人再也认不出来。说他们含而不露,说他们忠奸分明,说他们大义凛然,苏州人只笑一笑,又去过原先的日子。园林依然这样纤巧,桃花依然这样灿烂。

明代是中国古代实行文化专制主义最严重的时期,但那时的苏州却打造出了一片比较自由的小天地。明代的苏州人可享受的东西多得很,他们有一大批作品不断的戏曲家,他们有万人空巷的虎丘山曲会,他们还有唐伯虎和仇英的绘画。再后来,他们又有了一个金圣叹。

如此种种,又让京城的朝廷文化皱眉。轻柔悠扬,潇洒偶傥,放浪不羁,艳情漫漫,这似乎又不是圣朝气象。就拿那个名声最坏的唐伯虎来说吧,自称江南第一才子,也不干什么正事,却看不起大小官员,只知写诗作画,不时拿几幅画到街上出卖。

不炼金丹不坐禅,
不为商贾不耕田;
闲来写幅青山卖,
不使人间造孽钱。

这样过日子,怎么不贫病交困呢?然而苏州人似乎挺喜欢他,亲亲热热地叫他"唐解元",在他死后把桃花庵修葺保存,还传播一个"三笑"故事让他多了一桩艳遇。

唐伯虎是好是坏,我们且不去论他。无论如何,他为中国增添了几页非官方文化。道德和才情的平衡木实在让人走得太累,他有权利躲在桃花丛中做一个真正的艺术家。中国这么大,历史这么长,金碧辉煌的色彩层层涂抹,够沉重了,涂几笔浅红淡绿，加几分俏皮洒脱，才有活气，才有活活泼泼的中国文化。

五

　　一切都已过去了，不提也罢。现在我只困惑，人类最早的城邑之一，会不会湮没在后生晚辈的时尚之中？

　　山水还在，古迹还在，似乎精魂也有些许留存。最近一次去苏州，重游寒山寺，撞了几下钟，看到国学大师俞樾题写的诗碑，想到他所居住的曲园。曲园为新开，因有俞樾先生的后人俞平伯先生等捐赠，原物原貌，适人心怀。曲园在一条狭窄的小巷里，由于这个普通门庭的存在，苏州一度成为晚清国学重镇。几十年后，又因为章太炎先生定居苏州，这座城市的学术地位更是毋庸置疑，连拥有众多高等学府的北京、上海、南京这样的大城市，也不能不投来恭敬的目光。

　　我一直认为，大学者是适宜于住在小城市的，因为大城市会给他们带来很多繁杂的消耗。但是，他们选择小城市的条件又比较苛刻，除了环境的安静、民风的简朴外，还需要有一种渗透到墙砖街石间的醇厚韵味，能够与他

无锡·雍锦里·灯影摇曳

们的学识和名声对应起来。这样的小城市，中国各地都有，但在当时，苏州是顶级之选。

　　漫步在苏州的小巷中是一种奇怪的体验：一排排鹅卵石，一级级台阶，一座座门庭。门都关闭着，让你去猜想它的蕴藏，猜想它很早以前的主人。想得再奇也不要紧，两千多年的时间，什么事情都可能发生。

　　如今的曲园，辟有一间茶室。巷子太深，门庭太小，来人不多。茶客都上了年纪，皆操吴侬软语，远远听去，似乎正在说俞樾和章太炎，有所争执，又继以笑声。

　　未几，老人们起身了，他们在门口拱手作揖，转过身去，消失在狭窄的小巷里。

　　我也沿着小巷回去。依然是光光的鹅卵石，依然是座座关闭的门庭。

　　我突然有点儿害怕，怕哪个门庭突然打开，拥出来几个人：若是吴门墨客，我会感到有些悲凉；若是时髦青年，我会觉得有些惶恐。

　　该是什么样的人？我们等着看吧。

　　两千多年的小巷给了我们一个暗示，那就是：不管看到什么，都应该达观。是的，达观，能够笑纳一切的达观。

苏州·雍锦园·入堂奥　　　　　　　　成都·雍锦世家·迎屏风致

黄州突围

> 中国历史上，许多人觉悟在过于苍老的暮年，刚要享用成熟所带来的恩惠，脚步却已踉跄蹒跚。与他们相比，苏东坡真是好命。

苏东坡走过的地方很多，其中不少地方远比黄州美丽。但是，这个僻远的黄州却给了他巨大的惊喜和震动，他甚至把黄州当作他一生中最重要的人生驿站。这一切，决定于他来黄州的原因和心态。

他从监狱里走来，带着一个极小的官职，实际上以一个流放罪犯的身份走来。他带着官场和文坛泼给他的浑身脏水走来，他满心侥幸又满心绝望地走来。他被人押着，远离自己的家眷，没有资格选择黄州之外的任何一个地方，朝着这个当时还很荒凉的小镇走来。

他很疲倦，他很狼狈。出汴梁，过河南，渡淮河，进湖北，抵黄州。萧条的黄州没有给他预备任何住所，他只得在一所寺庙中住下。他擦一把脸，喘一口气，四周一片静寂，连一个朋友也没有。他闭上眼睛摇了摇头。

我很喜欢读林语堂先生的《苏东坡传》，但又觉得他把苏东坡在黄州的境遇和心态写得太理想了。其实，就我所知，苏东坡在黄州还是很凄苦的，优美的诗文是一种挣扎和超越。

苏东坡在黄州的生活状态，已在他自己写给李端叔的一封信中描述得非常清楚。

信中说：

> 得罪以来，深自闭塞，扁舟草履，放浪山水间，与樵渔杂处，往往

为醉人所推骂,辄自喜渐不为人识。平生亲友,无一字见及,有书与之亦不答,自幸庶几免矣。

我初读这段话时十分震动,因为谁都知道苏东坡这个平素乐呵呵的大名人是有很多很多朋友的。日复一日的应酬,连篇累牍的唱和,几乎成了他生活的基本内容,他一半是为朋友们活着。但是,一旦出事,朋友们不仅不来信,而且也不回信了。

他们都知道苏东坡是被冤屈的,现在事情大体已经过去,却仍然不愿意写一两句哪怕是问候起居的安慰话。苏东坡那一封封用美妙绝伦、光照中国书法史的笔墨写成的信,千辛万苦地从黄州带出去,却换不回一丁点儿友谊的信息。

我相信这些朋友都不是坏人,但正因为不是坏人,更让我深长地叹息。

总而言之,原来的世界已在身边轰然消失,于是一代名士也就混迹于樵夫渔民间不被人认识。原本这很可能换来轻松,但他又觉得远处仍有无数双眼睛注视着自己,只能在寂寞中惶恐。即使这封无关宏旨的信,他也特别注明不要给别人看。

无锡·雍锦里·暗香浮动

日常生活，在家人接来之前，大多是白天睡觉，晚上一个人出去溜达；见到淡淡的土酒也喝一杯，但绝不喝多，怕醉后失言。

他真的害怕了吗？也是也不是。他怕的是麻烦，而绝不怕大义凛然地为道义、为百姓，甚至为朝廷、为皇帝捐躯。他经过"乌台诗案"已经明白，一个人蒙受了诬陷即便是死也死不出一个道理来。

你找不到慷慨陈词的目标，你抓不住从容赴死的理由。你想做个义无反顾的英雄，不知怎么一来把你打扮成了小丑；你想做个坚贞不屈的烈士，闹来闹去却成了一个深深忏悔的俘虏。

他给李常的信中说：

吾侪虽老且穷，而道理贯心肝，忠义填骨髓，直须谈笑于死生之际……虽怀坎于时，遇事有可尊主泽民者，便忘躯为之，祸福得丧，付与造物。

这么真诚的勇敢，这么洒脱的情怀，出自天真了大半辈子的苏东坡笔下，是完全可以相信的。但是，让他在何处做这篇人生道义的大文章呢？没有地方，没有机会，没有观看者，也没有裁决者，只有一个把是非曲直、忠奸善恶染成一色的大酱缸。于是，苏东坡刚刚写了上面这几句，支颐一想，又立即加一句："此信看后烧毁。"

这是一种真正精神上的孤独无告。对于一个文化人，没有比这更痛苦的了。那阕著名的《卜算子》，用极美的意境道尽了这种精神遭遇：

缺月挂疏桐，漏断人初静。谁见幽人独往来？缥缈孤鸿影。　惊起却回头，有恨无人省。拣尽寒枝不肯栖，寂寞沙洲冷。

正是这种难言的孤独，使他彻底洗去了人生的喧闹，去寻找无言的山水，去寻找远逝的古人。在无法对话的地方寻找对话，于是对话也一定会变得异乎寻常。

像苏东坡这样的灵魂竟然寂静无声，那么，迟早会突然冒出一种宏大的奇迹，让这个世界大吃一惊。

然而，现在他即便写诗作文，也不会追求社会轰动了。他在寂寞中反省过去，觉得自己以前最大的毛病是才华外露、缺少自知之明。

他想，一段树木靠着瘿瘤取悦于人，一块石头靠着晕纹取悦于人，其实能拿来取悦于人的地方，恰恰正是它们的毛病所在，它们的正当用途绝不在这里。我苏东坡三十余年来想博得别人叫好的地方也大多是我的弱项所在。例如，从小为考科举学写政论、策论，后来更是津津乐道于考论历史是非、直言陈谏曲直。做了官以为自己真的很懂得这一套了，扬扬自得地炫耀，其实我又何尝懂呢？直到一下子面临死亡才知道，我是在炫耀无知。三十多年来最大的弊病就在这里。现在终于明白了，到黄州的我是觉悟了的我，与以前的苏东坡是两个人。

苏东坡的这种自省，不是一种走向乖巧的心理调整，而是一种极其诚恳的自我剖析，目的是想找回一个真正的自己。他在无情地剥除自己身上每一点异己的成分，哪怕这些成分曾为他带来过官职、荣誉和名声。

他渐渐回归于清纯和空灵。在这一过程中，佛教帮了他大忙，使他习惯于淡泊和静定。艰苦的物质生活，又使他不得不亲自垦荒种地，体味着自然和生命的原始意味。

这一切，使苏东坡经历了一次整体意义上的脱胎换骨，也使他的艺术才情获得了一次蒸馏和升华。他，真正地成熟了——与古往今来许多大家一样，成熟于一场灾难之后，成熟于灭寂后的再生，成熟于穷乡僻壤，成熟于几乎没有人在他身边的时刻。

幸好，他还不年老，他在黄州期间是四十四岁至四十八岁，对一个男人来说，正是最重要的年月，今后还大有可为。中国历史上，许多人觉悟在过于苍老的暮年，刚要享用成熟所带来的恩惠，脚步却已踉跄蹒跚。与他们相比，苏东坡真是好命。

成熟是一种明亮而不刺眼的光辉，一种圆润而不腻耳的音响，一种不再需要对别人察言观色的从容，一种终于停止向周围申述求告的大气，一种不理会哄闹的微笑，一种洗刷了偏激的淡漠，一种无须声张的厚实，一种并不陡峭的高度。勃郁的豪情发过了酵，尖利的山风收住了劲，湍急的溪流汇成了湖，结果——

引导千古杰作的前奏已经鸣响，一道神秘的天光射向黄州，《念奴娇·赤壁怀古》和前、后《赤壁赋》马上就要产生。

一个庭院

> 很多年前那次夜间潜入，让我在无意中碰撞到了中华文化存废之间的又一个十字路口：一条是燥热的死路，一条是冷清的生路。

那是我十九岁那一年的夏天。那天晚上我在月色下的岳麓书院逗留了很长时间，离开时一脸安详，就像那青砖石地、粉墙玄瓦。

我很快回了上海，学院里的情况和我家庭的处境都越来越坏。后来我又不得不到农村劳动去了，彻底远离了学校和教育。但是，奇怪的是，那个青砖石地、粉墙玄瓦的梦，却常常在脑际隐约闪动。待到图书馆重新开放，我努力寻觅有关它的点滴记载。再后来，中国走上了一条新路，我就有机会一再访问它了。

我终于明白，很多年前那次夜间潜入，让我在无意中碰撞到了中华文化存废之间的又一个十字路口：一条是燥热的死路，一条是冷清的生路。这条生路，乃是历代文化智者长期探索的结果，岳麓书院便是其中一个例证。

说远一点儿，早在三千三百多年前，商代已经有了比较成熟的公办学校。到了孔子，成功地创办了私学。从此，教学传统成了中华文化代代相传的命脉。到了唐代，就出现了教学等级很高的书院。宋代书院之风大盛，除了很早就开办的白鹿洞书院外，还出现了石鼓书院、嵩阳书院、应天府书院、岳麓书院、丽正书院、象山书院等等。这些书院，有的是私办，有的是公办，更多的是"民办官助"。共同特点是，大多选址于名山胜景，且由比较著名的学者执掌校务，叫"山长"。

山长这个称呼，听起来野趣十足，与书院所在的名山对应，而且又幽默地表示对官场级别的不在意，自谦中透着自傲。我最近一次去岳麓书院，还在历任山长居住的一个叫"百泉轩"的小院落里徘徊很久，想象着山长们的心态。他们，只想好生看管着这满院的书声泉水、满山的春花秋叶，就已经足够。山下的达官贵人为了各自的文化形象，也会到山上来叩门拜见。来就来吧，听他们谈谈平日不太谈的先秦诸子、楚辞汉赋，然后请他们到书院各处走走，自己就不陪了。在山长们的眼中，他们都是学生一辈，欠学颇多，因此自己要保持住辈分的尊严。这不是为自己，而是为文化。

在山长的执掌下，书院采取比较自由的教学方法。一般由山长本人或其他教师十天半月讲一次课，其他时间以自学为主。自学中有什么问题随时可向教师咨询，或学生间互相讨论。

这样，乍一看容易放任自流，实际上书院有明确的学规，课程安排清晰有序，每月有几次严格的考核。此外，学生还必须把自己每日读书的情况记在"功课簿"上，山长定期亲自抽查。

课程内容以经学、史学、文学、文字学为主，也要学习应付科举考试的八股文和试帖诗。到了清代晚期，则又加入了不少自然科学方面的课程。

可以想象，这种极有弹性的教学方式是很能酿造出一种令人心醉的学习气氛的，而这种气氛，有时可能比课程本身还能熏陶人、感染人。

书院所有课程的最终走向，是要塑造一个个品行端庄的文化人。

对于这一点，曾经统领过白鹿洞书院和岳麓书院的大哲学家朱熹有过系统的思考。他说，人性皆善，但在社会上却分成了善的类别和恶的类别，因为每个类别里风气和习惯不同，熏染而成。只有教学，能够从根本、从大道上弘扬善的风气和习惯，让人们复归于善。他又说，教学能改变一个人的气质，使他能够从修身出发，齐家、治国。

正是出于朱熹所说的这个理想，很多杰出的学者都走进书院任教，把教书育人和自己的研究融为一体。

一一六七年八月，朱熹本人从福建崇安出发，由两名学生随行，不远千里向岳麓山走来。因为他知道比自己小三岁的哲学家张栻正主讲岳麓书院。他们以前见过面，畅谈过，但还有一些学术环节需要进一步探讨。朱熹希望把这种探讨与书院的教学联系在一起。

朱熹抵达岳麓书院后就与张栻一起进行了著名的"朱、张会讲"。所谓会讲是岳麓书院的一种学术活动，持不同学术观点的学派在或大或小的范围里进行探讨和论辩,学生也可旁听。果然如朱熹预期的那样,会讲既推动了学术,又推动了教学。

朱熹和张栻的会讲是极具魅力的。当时一个是三十七岁,一个是三十四岁,一个徽州婺源人,一个四川绵竹人,却都已跻身中国学术文化的最前列,用精密高超的思维探讨着哲学意义上人和人性的秘密。他们在会讲中有时连续论争三天三夜都无法取得一致意见。两种浓重的方言,一种是夹杂着福建口音的徽州话,一种是四川话,三天三夜唇枪舌剑,又高深玄妙,但听讲的湖南士子都毫无倦意。

除了当众会讲外,他们还私下交谈。所取得的成果是:两人都越来越佩服对方,两人都觉得对方启发了自己。

《宋史》记载,张栻的学问"既见朱熹,相与博约,又大进焉";而朱熹则在一封信中说,张栻的见解"卓然不可及,从游之久,反复开益为多"。朱熹还用诗句描述了他们两人的学术友情:

> 忆昔秋风里,
> 寻盟湘水旁。
> 胜游朝挽袂,
> 妙语夜连床。
>
> 别去多遗恨,
> 归来识大方。
> 惟应微密处,
> 犹欲细商量。
> ……

(《有怀南轩老兄呈伯崇择之二友二首》)

这种由激烈的学术争论所引发的深厚情谊,实在令人神往。可惜,这种事情到了近代和现代的中国,几乎看不到了。

除了与张栻会讲外,朱熹还单独在岳麓书院讲学。当时朱熹的名声已经很大,前来听讲的人络绎不绝。不仅讲堂中人满为患,甚至听讲者骑来的马都把池水饮干了,所谓"一时舆马之众,饮池水立涸"。

朱熹除了在岳麓书院讲学外,又无法推却一江之隔的城南书院的邀请,只得经常横渡湘江。张栻怕他寂寞,愉快地陪着他来来去去。这个渡口,当地百姓后来就名之为"朱张渡"。此后甚至还经常有人捐钱捐粮,作为朱张渡的修船费用。两位教育家的一段佳话,竟如此深入地铭刻在这片山川之间。

"朱、张会讲"后七年,张栻离开岳麓书院到外地任职,但没有几年就去世了,只活了四十七岁。张栻死后十四年,即一一九四年,朱熹在再三推辞而未果后,终于接受了湖南安抚使的职位,再度来长沙。要么不来,既然来到长沙做官,就一定要把旧游之地岳麓书院振兴起来。

这时离他与张栻"挽袂""连床",已经整整隔了二十七年。两位青年才俊不见了,只剩下一个六十余岁的老人。但是今天的他,德高望重又有职有权,有足够的实力把教育事业按照自己的心意整治一番,为全国树一个榜样。他把到长沙之前就一直在心中盘算的扩建岳麓书院的计划付诸实施,聘请了自己满意的人来具体负责书院事务,扩充招生名额,为书院置学田五十顷,并参照自己早年为庐山白鹿洞书院制定的学规颁发了《朱子书院教条》。如此有力的措施接二连三地下来,岳麓书院重又显现出一派繁荣。

朱熹白天忙于官务,夜间则渡江过来讲课讨论,回答学生提问,从不厌倦。他与学生间的问答由学生回忆笔记,后来也成为学术领域的重要著作。被朱熹的学问和声望所吸引,当时岳麓书院已云集学者千余人。朱熹开讲的时候,每次都到"生徒云集,坐不能容"的地步。

每当我翻阅到这样的一些史料时总是面有喜色,觉得中华民族在本性上还有崇尚高层次文化教育的一面。中国历史在战乱和权术的旋涡中,还有高洁典雅的篇章。只不过,保护这些篇章要拼耗巨大的人格力量。

就拿书院来说吧,改朝换代的战火会把它焚毁,山长的去世、主讲的空缺会使它懈弛,经济上的入不敷出会使它困顿,社会风气的诱导会使它变质,有时甚至远在天边的朝廷也会给它带来意想不到的灾难。

朝廷对于高层次的学术文化教育,始终抱着一种矛盾心理:有时会真心诚意地褒奖、赏赐、题匾;有时又会怀疑这一事业中是否会有知识分子"倡其邪说,广收无赖",最终构成政治上的威胁。因此,历史上也不止一次地出现过由朝廷明令"毁天下书院"、"书院立即拆去"的事情。

这类风波，当然都会落在那些教育家头上，让他们短暂的生命去活生生地承受。说到底，风波总会过去，教育不会灭亡，但对具体的个人来说，置身其间是需要有超人的意志才能支撑住的。

譬如朱熹，我们前面已经说到他以六十余岁高龄重振岳麓书院时的无限风光，但实际上，他在此前此后一直蒙受着常人难以忍受的诬陷和攻击。他的讲席前听者如云，而他的内心则积贮着无法倾吐的苦水。

大约在他重返长沙前的十年时间内，他一直被朝廷的高官们攻击为"不学无术，欺世盗名，携门人而妄自推尊，实为乱人之首"。中国总有一些文人喜欢对着他们无法企及的文化大师动刀，而且总是说他们"不学无术"，又总是说他们有政治问题。可见七百年前就是这样了。

幸好有担任太常博士的哲学家叶适出来说话。叶适与朱熹并不是一个学派，互相间观点甚至还很对立，但他知道朱熹的学术品格，便在皇帝面前斥责那些诬陷朱熹的人"游辞无实，谗言横生，善良受害，无所不有"，才使朱熹还有可能到长沙来做官兴学。

朱熹在长沙任内忍辱负重大兴岳麓书院的举动，还是没有逃过诬陷者们的注意。就在朱熹到长沙的第二年，他向学生们讲授的理学已被朝廷某些人宣判为"伪学"。再过一年，朱熹被免职，他的学生也遭逮捕。有一个姓余的人甚至上奏皇帝要求处死朱熹：

枭首朝市，号令天下，庶伪学可绝，伪徒可消，而悖逆有所警。不然，作孽日新，祸且不测，臣恐朝廷之忧方大矣。

这个与我同姓的人，居然如此祸害一个大文化人，实在是"余门之耻"。

又过一年，"伪学"进一步升格为"逆党"。朱熹的学生和追随者都记入"伪学逆党籍"，不断有人被拘捕。这时朱熹已经回到了福建，他虽然没有被杀，但著作被禁，罪名深重，成天看着自己的学生和朋友一个个地因自己而受到迫害，心里的滋味可想而知。

但是，他还是以一个教育家的独特态度来面对这一切。一一九七年官府即将拘捕他的得意门生蔡元定的前夕，他闻讯后当即召集一百余名学生为蔡元定饯行。席间，有的学生难过得哭起来了，而蔡元定却从容镇定，表示为自己敬爱的老师和他的学说去受罪，无怨无悔。

朱熹看到蔡元定的这种神态很是感动，席后对蔡元定说：我已老迈，今后也许难与你见面了，今天晚上与我住在一起吧。

这天晚上，师生俩在一起竟然没有谈分别的事，而是通宵校订了《参同契》一书，直到东方发白。

蔡元定被官府拘捕后杖枷三千里流放，历尽千难万苦，死于道州。一路上，他始终记着那次饯行、那个通宵。

世间每个人都会死在不同的身份上，却很少有人像蔡元定，以一个地地道道的学生的身份，踏上生命的最后跑道。

既然学生死得像个学生，那么教师也就更应该死得像个教师。蔡元定死后的第二年，一一九八年，朱熹避居东阳石洞，还是没有停止讲学。有人劝他，说朝廷对他正虎视眈眈呢，赶快别再召集学生讲课了，他笑而不答。

直到一二〇〇年，他觉得自己真的已走到生命尽头了，自述道：我越来越衰弱了，想到那几个好学生都已死于贬所，而我却还活着，真是痛心，看来也支撑不了多久了。果然这年四月二十三日，他病死于建阳。

这是一位真正的教育家之死。他晚年所受的灾难完全来自于他的学术和教育事业，对此，他的学生们最清楚。当他的遗体下葬时，散落在四方的学生都不怕朝廷禁令纷纷赶来。不能来的，也在各地聚会纪念。官府怕这些学生议论生事，还特令加强戒备。

不久之后，朱熹又备受朝廷推崇那是后话，朱熹自己不知道了。让我振奋的，不是朱熹死后终于被朝廷所承认，而是他和他的学生面对磨难时竟然能把教师和学生这两个看似普通的称呼背后所蕴藏的职责和使命表现得如此透彻、如此漂亮。

朱熹去世三百年后，另一位旷世大学问家踏进了岳麓书院的大门，他便是我的同乡王阳明先生。王阳明先生刚被贬谪，贬谪地在贵州，路过岳麓山，顺便到书院讲学。他的心情当然不会愉快，一天又一天在书院里郁郁地漫步，朱熹和张栻的学术观点他是不同意的，但置身于岳麓书院，他不能不重新对这两位前哲的名字凝神打量，然后吐出悠悠的诗句："缅思两夫子，此地得徘徊……"

仰望云门

> 从林怀民,到白先勇、余光中,我领略了一种以文化为第一生命的当代君子风范。而且,他们顺便也告诉大家:什么是一种古老文化的"现代形态"和"国际接受"。

一

近年来,我经常向大陆学生介绍台湾文化。

当然,从文化人才的绝对数量来说,大陆肯定要多得多,优秀作品也会层出不穷。但是,从文化气氛、文化底线、文化守护、文化品行等方面来看,台湾至少在目前,明显优于大陆。由于同是华人,对比相当直接;由于同是华人,学习又比较方便。我一直主张,大陆在这方面不妨谦虚一点儿,先到台湾仔细看看,再比比自己到底失去了什么。

我想从舞蹈家林怀民说起。

当今国际上最敬重哪几个东方艺术家?在最前面的几个名字中,一定有来自台湾的林怀民。

真正的国际接受,不是一时轰动于哪个剧场,不是重金租演了哪个大厅,不是几度获得了哪些奖状,而是一种长久信任的建立,一种殷切思念的延绵。

林怀民和他的"云门舞集",已经做到这样。云门早就成为全世界各大城市邀约最多的亚洲艺术团体,而且每场演出都让观众爱得痴迷。云门很少在宣传中为自己陶醉,但亚洲、美洲、欧洲的很多地方,却一直被它陶醉着。在它走后,还陶醉。

其实,云门如此轰动,却并不通俗。甚至可说,它很艰深。即使是国际上已经把它当作自己精神生活一部分的广大观众,也必须从启蒙开始,一种有关东方美学的启蒙。对西方人是如此,对东方人也是如此。

我觉得更深刻的是对东方人,因为有关自己的启蒙,在诸种启蒙中最为惊心动魄。

但是,林怀民并不是启蒙者。他每次都会被自己的创作所惊吓:怎么会这样!他发现当舞员们凭着天性迸发出一系列动作和节奏的时候,一切都远远超越事先设计。他自己能做的,只是划定一个等级,来开启这种创造的可能。

云门的话题关及人类生存的根本,不可能具体。要给,也只给一个路标,云门带着观众走一条条云水缥缈的大道。林怀民拒绝任何琳琅满目的暗道小路。

舞者们超尘脱俗,赤诚袒露,成了一群完全洗去了寻常"文艺腔调"的苦行僧。他们在海滩上匍匐,在礁石间打坐,在纸墨间静悟。潜修千日,弹跳一朝,一旦收身,形同草民。

只不过,这些草民,刚刚与陶渊明种了花,跟鸠摩罗什诵了经,又随王维看了山。

二

罕见的文化高度,使林怀民有了某种神圣的光彩。但是他又是那么亲切,那么平民,那么谦和。

林怀民是我的好友,已经相交二十年。

我每次去台湾,旅馆套房的客厅总是被鲜花排得满满当当。旅馆的总经理激动地说:"这是林先生亲自吩咐的。"林怀民的名字在总经理看来,如神如仙,高不可及,因此声音都有点儿颤抖。不难想象,我在旅馆里会受到何等待遇。

其实,我去台湾的行程从来不会事先告诉怀民,他不知是从什么途径打听到的,居然一次也没有缺漏。

怀民毕竟是艺术家,他想到的是仪式的延续性。我住进旅馆后的每一天,屋子里的鲜花都根据他的指示而更换,连色彩的搭配每天都有不同的具体设计。他把我的客厅，当作了他在导演的舞台。

"这几盆必须是淡色，林先生刚刚来电话了。"这是花店员工在向我解释。我立即打电话向他感谢，但他在国外。这就是艺术家，再小的细节也与距离无关。

他自家的住所，淡水河畔的八里，一个光洁如砥、没有隔墙的敞然大厅。大厅是家，家是大厅。除了满壁的书籍、窗口的佛雕，再也没有让人注意的家具。怀民一笑，说："这样方便，我不时动一动。"他所说的"动"，就是一位天才舞蹈家的自我排练。那当然是一串串足以让山河屏息的形体奇迹，怎么还容得下家具、墙壁来碍手碍脚？

离住家不远处的山坡上，又有后现代意味十足的排练场，空旷、粗粝、素朴，实用。总之，不管在哪里，都洗去了华丽繁缛，让人联想到太极之初，或劫后余生。

这便是最安静的峰巅，这便是《吕氏春秋》中的云门。

三

云门使我对台湾的文化气氛，倍加敬重。

因为这么一座安静的艺术峰巅，几乎整个社会都仰望着、佑护着、传说着、静等着，远远超出了文化界。

在台湾，政治辩论激烈，八卦新闻也多，却很少听到有什么顶级艺术家平白无故地受到了传媒的诬陷和围攻。这几乎是不可能的事，因为传媒不会这么愚蠢，去伤害全民的精神支柱。林怀民和云门，就是千家万户的"命根子"，谁都宝贝着。

林怀民在美国学舞蹈，师从葛兰姆，再往上推，就是世界现代舞之母邓肯。但是，在去美国之前，他在台湾还有一个重要学历。他的母校，培养过大量在台湾非常显赫的官员、企业家和各行各业的领袖，但在几年前一次校庆中，由全体校友和社会各界评选该校历史上的"最杰出校友"，林怀民得票极高。

这不仅仅是他的骄傲。在我看来，首先是投票者的骄傲。

在文化和艺术面前，这次，只能委屈校友中那些官员、企业家和各行各业的领袖了。其实他们一点儿也没有感到委屈，全都抽笔写下了同一个名字。对此，我感慨万千。熙熙攘攘的台北街市，吵吵闹闹的台湾电视，乍一看并没有发现多少含量，但只要林怀民和别的大艺术家一出来，大家霎时安静，让人们立即认知这个社会的品质。

记得美国一位早期政治家J·亚当斯（*John Adams*，一七三五——一八二六）曾经说过：

> 我们这一代不得不从事军事和政治，为的是让我们儿子一代能从事科学和哲学，让我们孙子一代能从事音乐和舞蹈。

作为一个政治家的亚当斯我不太喜欢，但我喜欢他的这段话。

我想，林怀民在台湾受尊敬的程度，似乎也与这段话有关。

四

有一件事让我想起了这段话。中国国民党荣誉主席连战先生首度访问大陆，会见了大陆的领导人。他夫人写了一本记录这一重大政治事件的书，由连战先生亲自写了序言。但是，他们觉得在这个序言前面还要加一个序言，居然邀请我来写。他们对我并不熟悉，只知道政治职位上面，应该是无职位的文化。结果，这本书在大陆出版时，大家怎么也想不明白这个奇怪的排位。

同样让我想起亚当斯这段话的，还有台湾的另一位文化巨匠白先勇。

白先勇是国民党名将白崇禧的爱子，照常理，很难完全不理会这个重大政治背景。如果他自己不理会，别人也会用各种方式牵丝攀藤。

但是，他对政治背景的不在意程度，已经到了连别人都不好意思提及。他后来也写过一本书《父亲和民国》，笔调是那么平静，丝毫没有我们常见的那种"贵胄之气"。

二十几年前海峡两岸还处于极为严峻的对峙状态，但白先勇先生却超前来了。不是为了寻亲，不是为了纪念，也不是为了投资，而是只为文化。他的《游园惊梦》在大陆排演，由俞振飞先生担任昆曲顾问，由我担任文学顾问。这一来，让他不小心读到了我的文章。后来多少年所发生的事情，让我现在一回想起来就深感歉疚。

他把我的文章，一篇篇推荐给台湾报刊。台湾报刊就把一笔笔稿酬寄给他，让他转给我。但他当时还在美国西海岸的圣塔芭芭拉教书，而那时美国到中国的汇款还相当不便。他只能一次次到邮局领款，把不整齐的款项凑成一个整数，然后再到邮局去寄给我。

我至今还保留着他寄来的一大堆信封，上面密密麻麻地写着收汇人和寄汇人的复杂地址，且以中文和英文对照。须知，这可是现代世界最优秀的华人作家的亲笔啊，居然寄得那么多，多么勤，多么密。两岸的政治对立，他自己的政治背景，全被文学穿越，全被那些用重笔写出的地址所穿越。

我二十多年前第一次去台湾，就是白先勇先生花费巨大努力邀请的。他看到了我写昆曲的一篇文章，我在那篇文章中，以明代观众中痴迷的人数、程度和时间，来论证世界范围内曾经最深入社会肌肤的戏剧范型是昆曲。他极为赞赏，让我到台湾发表演讲。这也算是大陆学者的"第一次"吧，一时十分轰动又十分防范，连《中国时报》要采访我都困难重重。一天晚上，听说《中国时报》派了一名不能拒绝的重要记者来了。我一看，这名"记者"不是别人，而正是白先勇先生。那个晚上，他真像记者一样问了我很多问题，丝毫没有露出他既是文学大家又是昆曲大家的表情。第二天，报纸上刊登他采访我的身份，竟然是"特约记者"，这真让我感动莫名。

对于地位高低，他毫不在乎；对于艺术得失，他绝不让步。

对于我的辞职，他听了等于没听。但有一次他不知道从哪儿听来传言，说我有可能要"搁笔"了，便立即远道赶到上海，在我家里长时间坐着，希望不是这样。

那夜他坐在我家窗口，月亮照着他儒雅却已有点儿苍老的脸庞。我一时走神，在心中自问：眼前这个人，似乎什么也不在乎，却那么在乎文学，在乎艺术。他，难道就是那位著名将军的后代吗？

但是我又想，白崇禧将军如果九天有知，也会为他的后代高兴，因为这符合了那位美国将军亚当斯的构思。

五

从林怀民先生在旅馆里天天布置的鲜花，到白先勇先生以记者的身份对我的采访，我突然明白，文化的魅力，就在于摆脱名位，摆脱实用，摆脱功利，走向仪式。

只有仪式，才能让人拔离世俗，上升到千山肃穆、万籁俱静的高台。

有人问我："你说了台湾文化的很多亮点，那么，最重要又最难以模仿的亮点是什么？"

我回答："仪式。那种溶解在生活处处的自发的文化仪式。"

从四年前开始，台湾最著名的《远见》杂志做出一个决定，他们杂志定期评出一个"五星级市长"，作为对这个市长的奖励之一，可以安排我到那个城市做一个文化演讲。可见，他们心中的最高奖励，还是文化。这样的事情已经实行了很多次，每当我抵达的那天，那个城市满街都挂上了我的巨幅布幔照片，在每个灯柱、电线杆上飘飘忽忽，像是我要竞选高位。我想，至少在那一天，这座城市进入了一个文化仪式。直到我讲演完，全城的清洁工人一起动手，把我的巨幅布幔照片一一拉下、卷起，扔进垃圾堆。

扔进垃圾堆，是一个仪式的完满终结。终结，是为了开启新的仪式。

我在台湾获得过很多文学大奖，却一直没有机会参加颁奖仪式。原因是，从评奖到领奖，时间很短，我的签证手续赶不上。但终于，二〇一一年，我赶上了一次。

先有电话打来，通知我荣获"桂冠文学家"称号。光这么一个消息我并不在意，但再听下去就认真了。原来，这是台湾对全球华语文学的一种隆重选拔，因此这次的评委主任是原新加坡作家协会主席、新加坡国立大学中文系主任王润华教授。设奖至今几十年，只评出过四名"桂冠文学家"，我是第五名。前面四名中，两位我认识，那就是白先勇先生和高行健先生，其他两位已经去世。

颁奖仪式在元智大学，要我做获奖演讲。然后，离开会场，我领到一棵真正出自南美洲的桂冠树，由两名工人推着，慢慢步行到栽植处。到了栽植处，我看到一个美丽的亭子，亭子前面的园林中，确实已种了四棵树，每棵树下有一方自然形态的花岗石，上面刻着获奖者的签名。白先勇先生的签名我熟悉，而他那棵树，则长得郁郁葱葱。我和几个朋友一起铲土、挖坑、栽树、平整。做完，再抬头看看树冠，低头看看签名石，与围观者一一握手，然后轻步离开。

我想，这几棵桂冠树一定会长得很好。白先勇先生当年给我写了那么多横穿地球的信，想把华语文学拉在一起，最后，居然是相依相傍。

于是，颁奖仪式也就成了生命仪式。

六

文化是一种手手相递的炬火，未必耀眼，却温暖人心。余光中先生也是从白先生推荐的出版物上认识了我，然后就有了他在国际会议上让我永远汗颜的那些高度评价，又有了一系列亲切的交往，直到今日。

余光中先生写过名诗《乡愁》。这些年大陆很多地方都会邀请他去朗诵，以证明他的"乡愁"中也包括当地的省份和城市。那些地方知道他年事已高，又知道我与他关系好，总是以我有可能参加的说法来邀请他，又以他有可能参加的说法邀请我，几乎每次都成功，变成一场场的"两余会讲"。

"会讲"到最后，总有当地记者问余光中先生，《乡愁》中是否包括此处。我就用狡黠的眼光看他，他也用同样的眼光回我。然后，他优雅地说一句："我的故乡，不是这儿，也不是那儿，而是中华文化。"

我每次都立即带头鼓掌，因为这种说法确实很好。

他总是向我点头，表示感谢。

顺便他会指着我，加一句："我们两个都不上网，又都姓余，是两条漏网之鱼。"

我笑着附和："因为有《余氏家训》。先祖曰：进得网内，便无河海。"

但是，"两余会讲"也有严峻的时候。

那是在马来西亚，两家历史悠久的华文报纸严重对立、事事竞争。其中一家，早就请了我去演讲，另一家就想出对策，从台湾请来余光中先生，"以余克余"。

我们两人都不知道这个背景，从报纸上看到对方也来了，非常高兴。但听了工作人员一说，不禁倒抽冷气。因为我们俩已经分别陷于"敌报"之手，只能挑战，不能见面。

接下来的情节就有点儿艰险了。想见面，必须在午夜之后，不能让两报的任何一个工作人员知道，甚至，连怀疑的可能都没有。后来，通过马来西亚艺术学院院长郑浩千先生，做到了。鬼鬼祟祟，轻手轻脚，两人的外貌很多人认识，而两家大报的耳目又是多么密集。终于，见面，关门，大笑。

那次我演讲的题目是反驳"中国崩溃论"。我在台湾经济学家高希均先生启发下，已经懂一点儿经济预测，曾在《千年一叹》《行者无疆》中提早十年准确预测了欧洲几个国家的严重经济趋势，因此反驳起来已经比较"专业"。

余光中先生在"敌报"会演讲什么呢？他看起来对经济不感兴趣，似乎也不太懂。要说的，只能是文化，而且是中华文化。如果要他反驳"中华文化崩溃论"，必定言辞滔滔。

那么，我们还是紧密呼应，未曾造成"以余克余"的战场。

七

从林怀民，到白先勇、余光中，我领略了一种以文化为第一生命的当代君子风范。

他们不背诵古文，不披挂唐装，不抖擞长髯，不玩弄概念，不展示深奥，不扮演精英，不高谈政见，不巴结官场，更不炫耀他们非常精通的英语。只是用慈善的眼神、平稳的语调、谦恭的动作告诉你，这就是文化。

而且，他们顺便也告诉大家：什么是一种古老文化的"现代形态"和"国际接受"。

云门舞集最早提出口号是："以中国人作曲，中国人编舞，中国人跳给中国人看。"但后来发现不对了，事情产生了奇迹般的拓展。为什么所有国家的所有观众都神驰心往，因此年年必去？为什么那些夜晚的台上台下，完全不存在民族的界限、人种的界限、国别的界限，大家都因为没有界限而相拥而泣？

答案，不应该从已经扩大了的空间缩回去。云门打造的，是"人类美学的东方版本"。

这就是我所接触的第一流艺术家。

为什么天下除了政治家、企业家、科学家之外还要艺术家？因为他们开辟了一个无疆无界的净土，自由自在的天域，让大家活得大不一样。

从那片净土、那个天域向下俯视，将军的兵马、官场的升沉、财富的多寡、学科的进退，确实没有那么重要了。根据从屈原到余光中的目光，连故土和乡愁，都可以交还给文化，交还给艺术。

艺术是"云"，家国是"门"。谁也未曾规定，哪几朵云必须属于哪几座门。仅仅知道，只要云是精彩的，那些门也会随之上升到半空，成为万人瞩目的巨构。这些半空之门，不再是土门，不再是柴门，不再是石门，不再是铁门，不再是宫门，不再是府门，而是云门。

只为这个比喻，我们也应该再一次仰望云门。

成都·雍锦世家·屏影绰绰　　　　成都·雍锦王府·登堂入室

无锡·雍锦里·凝视之眼

第二辑

慢观世界

合肥·雍锦半岛·静谧的繁华

罗马假日

> 罗马的伟大是一种永恒的典范。欧洲其他城市的历代设计者，连梦中都有一个影影绰绰的罗马。

一

世上有很多美好的词语，可以分配给欧洲各个城市，例如精致、浑朴、繁丽、古典、新锐、宁谧、舒适、神秘、壮观、肃穆……

只有一个词，各个城市都不会争，只让它静静安踞在并不明亮的高位上，留给那座唯一的城市。

这个词叫伟大，这座城市叫罗马。

伟大是一种隐隐然的气象，从每一扇旧窗溢出，从每一块古砖溢出，从每一道雕纹溢出，从每一束老藤溢出。但是，其他城市也有旧窗，也有古砖，也有雕纹，也有老藤，为什么却乖乖地自认与伟大无缘？

罗马的伟大，在于每一个朝代都有格局完整的遗留，每一项遗留都有意气昂扬的姿态，每一个姿态都经过艺术巨匠的设计，每一个设计都构成了前后左右的和谐，每一种和谐都使时间和空间安详对视，每一回对视都让其他城市自愧弗如，知趣避过。

因此，罗马的伟大是一种永恒的典范。欧洲其他城市的历代设计者，连梦中都有一个影影绰绰的罗马。

二

我第一次去罗马，约了一帮友人，请蒋宪阳先生带队。他原本是上海的男高音歌唱家，因热爱意大利美声唱法而定居罗马多年。他先开车到德国接我们，然后经卢森堡、法国、摩纳哥去意大利，一路上见到雕塑、宫殿无数，但只要我们较长时间地驻足仰望，他就竖起一根手指轻轻摇动，说："不！不！要看罗马的，那才是源头。"我们笑他过分，他便以更自信的微笑回答，不再说话。但是一进罗马就反过来了，沉默的是我们，大家确实被一种无以言喻的气势所统慑，而他则越来越活跃。

今天我再次叩访罗马，伙伴们听了我的介绍都精神抖擞，只想好好地领受一座真正伟大的城市。但是，谁能想到，最让人惊讶的事情发生了。

伙伴们不相信自己的眼睛，呆看半晌，便回过头来看我，像是在询问怎么回事，但他们立即发现，我比他们更慌神。

原来，眼前的罗马几乎是一座空城！

这怎么可能？

家家商店大门紧闭，条条街道没有行人。

千年城门敞然洞开，门内门外阒寂无声。城门口也有持剑的卫兵，但那是雕塑，铜肩上站着一对活鸽子。

即便全城市民倾巢出征，也不会如此安静。即便罗马帝国惨遭血洗，也不会如此死寂。

当然偶尔也从街角冒出几个行人，但一看即知也是像我们这样的外国来访者，而不是城市的主人。好不容易见到两位老者从一间屋门里走出来，连忙停车询问，才知，昨天开始了长假期，大家全都休假去了。据说，五千八百万意大利人，这两天已有三千万到了国外。

如此的人数比例我很难相信，但是后来住进旅馆后看到，电视台和报纸都这么说。

历来罗马只做大事。我站在空荡荡的大街上想，这宽阔的路，这高大的门，这斑驳的楼，曾经见过多少整齐的人群大进大出啊，今天，这些人群的后代浩荡离去，大大方方地把一座空城留给我们，留给全然不知来路的陌生人，真是大手笔。

在中国新疆，我见过被古人突然遗弃的交河古城和高昌古城，走在那些颓屋残墙间已经惊恐莫名。我知道那种荒废日久的空城很美，却总是不敢留在黄昏之后，不是怕盗贼，而是怕气氛。试想，如果整整一座西域空城没有一点动静，月光朦胧，朔风凄厉，脑畔又浮出喜多郎的乐句，断断续续，巫幻森森，而你又只有一个人，这该如何消受？

今天在眼前的，是一座更加古老却未曾荒废的庞大空城。没有人就没有了年代，它突然变得很不具体。那些本来为了召集人群、俯视人群、笑傲人群、号令人群的建筑物怎么也没有想到哪一天会失去人群，于是便傲然于空虚，雄伟于枉然。

营造如此空静之境的，是罗马市民自己。这才猛然记起，一路上确有那么多奇怪的车辆逆着我们离城而去。有的拖着有卧室和厨炊设备的房车，有的在车顶上绑着游艇，有的甚至还拖着小型滑翔机。总之，他们是彻彻底底地休假去了。

三

何谓彻彻底底地休假？

在观念上，这里体现了把个体休闲权利看得至高无上的欧洲人生哲学。中国人刻苦耐劳，偶尔也休假，但那只是为了更好地工作；欧洲人反过来，认为平日辛苦工作，大半倒是为了休假。因为只有在休假中，才能使杂务中断，使焦灼凝冻，使肢体回归，使亲伦重现。也就是说，使人暂别异化状态，恢复人性。这种观念融化了西方的个人权利、回归自然等等主干性原则，很容易广泛普及、深入人心，甚至走向极端。

中国驻意大利大使馆的一位朋友告诉我，有次中国领导人访问罗马，计划做了几个月，但当领导人到达前一星期，意大利方面的计划负责人突然不见了，把大家急成了热锅上的蚂蚁，只得重新开始计划。奇怪的是，他们那方的人员只着急不生气，因为那个负责人的突然不见有一个神圣的理由：休假去了。

我们很多企业家和官员其实也有假期，而且也能选择一个不受干扰的风景胜地。然而可惜的是，他们放不下身份。于是，一到休假地立即用电话疏通全部公私网络，甚至还要与当地的相关机构一一接上关系。结果可想而知，电话之频、访客之多、宴请之盛，往往超过未曾休假之时，没过几天已在心里盘算，什么时候回去好好休息一下。

四

那么多罗马人到国外休假，我想主要是去了法国、西班牙和德国南部。意大利人的经济状况在整体上比法国、德国差得多，比西班牙好一点，他们在外应该是比较节俭的一群。欧洲人出国旅游一般不喜欢摆阔，多数人还愿意选择艰苦方式来测试自己的心力和体力，这与我们一路上常见的那些腰包鼓鼓、成群结队、不断购物的亚洲旅行者很不一样。

那天我们去东海岸的圣乔治港，经过一个小镇，见到有一位白发老者阻拦我们，硬要请我们到附近一家海味小馆吃饭。理由是他曾多次到过中国，现在正在这个小镇的别墅里度假。

跟着他，我们也就顺便逛了一下小镇。小镇确实很小，没有一栋豪华建筑，全是一排排由白石、水泥、木板建造的普通住房，也没有特别的风景和古迹，整个儿是一派灰白色的朴素。

大概走了十分钟路，我们就见到了那家海味小馆。老人不说别的，先让我们坐下，一人上一碗海鲜面条。

那碗面条有什么奥妙？我们带着悬念开始下口。面条居然是中国式的，不是意大利面食，大汤，很清，上面覆盖着厚厚一层小贝壳的肉，近似于中国沿海常吃的"海瓜子"。这种小贝壳的肉吃到嘴里，酥软而有韧性，鲜美无比，和着面条、汤汁一起咽下，真是一大享受。老人看着我们的表情放心地一笑，开始讲话。

他的第一句话是："现在我已向你们说清我在这个小镇买别墅的原因，这面条，全意大利数这里做得最好。"说完，他才举起酒杯，正式表示对我们的欢迎。

我们感谢过后，问起他曾多次去过中国的事。

他的回答使我们大吃一惊，他去中国的身份是意大利的外贸部长、邮电部长和参议员！这就是说，坐在我们对面的白发老人是真正的大人物。

今天他非常不愿意在自己担任过的职务上说太多的话，因为他在休假。

他努力要把拦住我们的原因，缩小为个人原因和临时原因。他说，妻子是一个诗人，现在正在别墅里写诗，但别墅太小，他怕干扰妻子，便出来溜达，遇到了我们的车队。

告别老人后，我们又行走在小镇灰白的街道上了。我想，这样的小镇，对所有被公务所累的人都有吸引力和消解力。它有能力藏龙卧虎，更有能力使他们忘记自己是龙是虎。这种忘记，让许多渐渐走向非我的人物走向自我，让这个世界多一些赤诚的真人。因此，小镇的伟力就像休假的伟力，不可低估。

那么罗马，你的每一次空城，必然都会带来一次人格人性上的重大增补。

成都·雍锦世家·青石映照

寻常威尼斯

> 这座纯粹的水城紧贴大海,曾经是世界的门户、欧洲的重心、地中海的霸主。甚至一度,还是自由的营地、人才的仓库、教廷的异数。它的昔日光辉,都留下了遗迹,这使历史成为河岸景观。

一

我一直在想,为什么世界各地的旅客,都愿意到威尼斯来呢?

论风景,它说不上雄伟也说不上秀丽;说古迹,它虽然保存不少却大多上不了等级;说美食,说特产,虽可列举几样却也不能见胜于欧洲各地。那么,究竟凭什么?

我觉得,主要是凭它特别的生态景观。

首先,它身在现代居然没有车马之喧。一切交通只靠船楫和步行,因此它的城市经络便是河道和小巷。这种水城别处也有,却没有它纯粹。

其次,这座纯粹的水城紧贴大海,曾经是世界的门户、欧洲的重心、地中海的霸主。甚至一度,还是自由的营地、人才的仓库、教廷的异数。它的昔日光辉,都留下了遗迹,这使历史成为河岸景观。旅客行船阅读历史,就像不太用功的中学生,读得粗疏、质感、轻松。

再次,它拥挤着密密层层的商市,却没有低层次摊贩的喧闹。一个个门面那么狭小又那么典雅,轻手轻脚进入,只见店主人以嘴角的微笑做欢迎后就不再看你,任你选择或离开,这种气氛十分迷人。

……

不幸的是,正是这些优点,给它带来了祸害。

小巷只能让它这么小着;老楼只能让它在水边浸着;那么多人来来往往,也只能让一艘艘小船解缆系缆地麻烦着;白天临海气势不凡,黑夜只能让狂恶的海潮一次次威胁着；区区的旅游收入当然抵不过拦海大坝的筑造费用，也抵不过治理污染、维修危房的支出，也只能让议员、学者、市民们一次次呼吁着。

大家都注意到，墙上的警戒线表明，近三十年来，海潮淹城已经一百余次。运河边被污水浸泡的很多老屋，早已是风烛残年、岌岌可危。弯曲的小河道已经发出阵阵恶臭，偏僻的小巷道也秽气扑鼻。

威尼斯因过于出色而不得不任劳任怨。

好心人一直在呼吁同情弱者，却又总是把出色者归入强者之列，似乎天生不属于同情范围。其实，世间多数出色者都因众人的分享、争抢、排泄而成了最弱的弱者，威尼斯就是最好的例证。

我习惯于在威尼斯小巷中长时间漫步，看着各家各户紧闭的小门，心里充满同情。抬头一望，这些楼房连窗户也不开，但又有多种迹象透露，里面住着人。关窗，只是怕街上的喧嚣。这些本地住家，在世界旅客的狂潮中，平日是如何出门、如何购物的呢？家里的年轻人可能去上班了，那么老年人呢？我们闻到小河小港的恶臭可以拔脚逃离，他们呢？

二

我对威尼斯的小巷小门特别关注，还有一个特殊原因。

一个与我们中国关系密切的人物从这儿走出。

当然，我是说马可·波罗。

马可·波罗是否真的到过中国，他的游记是真是伪，国际学术界一直有争议，而且必将继续争论下去。没有引起争议的是：一定有过这个人，一个熟悉东方的旅行家，而且肯定是威尼斯人。

关于他是否真的到过中国，反对派和肯定派都拿出过很有力度的证据。例如，反对派认为，他游记中写到的参与攻打襄阳，时间不符；任过扬州总管，情理不符，又史料无据。肯定派则认为，他对元大都和卢沟桥的细致描绘，对刺杀阿合马事件的准确叙述，不可能只凭道听途说。我在读过各种资料后认为，他确实来过中国，只是在传记中夸张了他游历的范围、身份和深度。

他原本只是一个放达的旅行家，而不是一个严谨的学者。写游记，并不是他出游的目的，事先也没有想过，因此后来的回忆往往是随兴而说。其实这样的旅行家，我们现在还能看到，一路的艰辛使他们不得不用夸张的口气来为自己和伙伴鼓气，随处的栖宿使他们不得不以激情的大话来广交朋友，日子一长便成习惯，有时甚至把自己也给搞糊涂了，听他们说旅行故事总要打几分折扣。因此，我们不能把马可·波罗的游记当作历史学者或地理学者的考察笔记来审读。

当然这中间还应考虑到民族的差别。意大利人至今要比英国人、德国人随意。随意就有漏洞，但漏洞不能反证事情的不存在。不管怎么说，这位随意顺兴、夸大其词的旅行家其实非常可爱。正是这份可爱，使他兴致勃勃地完成了极其艰难的历史之旅。

尽管游记有很多缺点，但一旦问世就已远远超越一人一事，成了欧洲人对东方的梦想底本，也成了他们一次次冒险出发的生命诱惑。后来哥伦布、达伽马等人的伟大航海，都是以这部传记为起点的，船长们在狂风恶浪之间还在一遍遍阅读。

三

成天吵闹的威尼斯也有安静的时候。

我想起一件往事。

两年前我在一个夜晚到达，坐班车式渡船，经过十几个停靠站，终点是一个小岛，我订的旅馆在岛上。这时西天还有一脉最后的余光，运河边的房子点起了灯，灯光映在河水里，安静而不冷落。

灯光分两种，一种是沿河咖啡座的照明，一种是照射那些古建筑的泛光。船行过几站，咖啡座已渐渐关闭，只剩下了泛光。这些泛光不亮，使那些古建筑有点像勉强登台的老人，知道自己已经不适合这样亮相。浸泡在水里的房子在白天融入了熙熙攘攘的大景观，不容易形成凝视的焦点，此刻夜幕删除了它们的背景，灯光凸现了它们的颓唐。本来白天与我们相对而视，此刻我们躲进了黑暗，只剩下它们的孤伤。

班车式渡船一站站停泊，乘客很多。细细一看几乎都不是游客，而是本地居民，现在才是他们的时间，出来活动了。踩踏着游人们抛下的垃圾污秽，他们从水道深处的小巷里出来，走过几座小桥来到码头，准备坐船去看望两站之外的父母亲，或者到广场某个没有关门的小店铺去购买一些生活用品。

开始下雨了，船上乘客越来越少，最后只剩下五六个，都与我一样住在小岛。进入大河道了，雨越下越大，已呈滂沱之势，我在担忧，到了小岛怎么办？怎样才能冒雨摸黑，找到那家旅馆？

雨中吹来的海风，又湿又凉，我眯着眼睛向着黑森森的海水张望，这是亚得里亚海，对岸，是麻烦重重的克罗地亚。

登岸后凉雨如注，我又没有伞，只得躲在屋檐下。后来看到屋檐与屋檐之间可走出一条路来，便挨着墙壁慢慢向前，遇到没屋檐的地方抱头跑几步。此刻我不想立即找旅馆，而是想找一家餐馆，肚子实在很饿，而在这样的深更半夜，旅馆肯定不再供应饮食。但环视雨幕，不见灯光人影，只听海潮轰鸣。

不知挨到哪家屋檐，抬头一看，远处分明有一盏红灯。立即飞奔而去，一脚进门，果然是一家中国餐厅！

何方华夏儿女，把餐厅开到这小小的海岛上，半夜也不关门？我喘了一口气，开口便问。

回答是，浙江温州乐清。

四

莎士比亚写过一部戏叫《威尼斯商人》，这使很多没来过威尼斯的观众也对这里的商人产生了某种定见。

我在这里见到了很多的威尼斯商人，总的感觉是本分、老实、文雅，毫无奸诈之气。

最难忘的，是一个卖面具的威尼斯商人。

意大利的假面喜剧本是我研究的对象，也知道中心在威尼斯，因此那天在海边看到一个面具摊贩，便兴奋莫名，狠狠地欣赏一阵后便挑挑拣拣选出几副，问明了价钱准备付款。

摊贩主人已经年老，脸部轮廓分明，别有一份庄重。刚才我欣赏假面的时候他没有任何反应，甚至也没有向我点头，只是自顾自地把一具具假面拿下来，看来看去再挂上。当我从他刚刚挂上的假面中取下两具，他突然惊异地看了我一眼，没有说话。等我把全部选中的几具拿到他眼前，他终于笑着朝我点了点头，意思是："内行！"

正在这时，一个会说意大利语的朋友过来了，他问清我准备购买这几个假面，便转身与老人攀谈起来。老人一听他流利的意大利语很高兴，但听了几句，眼睛从我朋友的脸上移开，搁下原先准备包装的假面，去摆弄其他货品了。

我连忙问朋友怎么回事，朋友说，正在讨价还价，他不让步。我说，那就按照原来的价钱吧，并不贵。朋友在犹豫，我就自己用英语与老人说。

但是，我一再说"照原价吧"，老人只轻轻说了一声"不"，便不再回头。

朋友说，这真是犟脾气。

但我知道真实的原因。老人是假面制作艺术家，刚才看我的挑选，以为遇到了知音，一讨价还价，他因突然失望而伤心。

这便是依然流淌着罗马血液的意大利人。自己知道在做小买卖，做大做小无所谓，是贫是富也不经心，只想守住那一点自尊。

去一家店，推门进去坐着一个老人，你看了几件货品后小心问了一句："能不能便宜一点？"他的回答是抬手一指，说："门在那里。"

冷冷清清、门可罗雀，这正是他们支付的代价，有人说，也是他们人格的悲剧。

身在威尼斯这样的城市，全世界旅客来来往往，要设法赚点大钱并不困难，但是他们不想。店是祖辈传下的，半关着门，不希望有太多的顾客进来，因为这是早就定下的规模，不会穷，也不会富，正合适，穷了富了都是负担。

欧洲生活的平和、厚重、恬淡，部分地与此有关。

如果说是悲剧，我对这种悲剧有点尊敬。

哈维尔不后悔

> "我们地方太小,城市太老,总也打不过人家,那就不打;但布拉格相信,是外力总要离开,是文明总会留下,你看转眼之间,满街的外国坦克全都变成了外国旅客。"

一

布拉格超乎我的意料。

去前问过对欧洲非常熟悉的朋友Kenny,最喜欢欧洲哪座城市,他说是布拉格,证据是他居然去过五十几次。这种证据很难成立,因为很可能有女友在那里。但当我们真的来到了布拉格,即便不认为是欧洲之最,也开始承认Kenny的激赏不无道理。

一个城市竟然建在七座山丘之上,有大河弯弯地通过,河上有十几座形态各异的大桥——这个基本态势已经够绮丽的了,何况它还有那么多古典建筑。

建筑群之间的小巷里密布着手工作坊。炉火熊熊,锤声叮叮;黑铁冷冽,黄铜灿亮;剑戟幽暗,门饰粗粝。全然没有别处工艺品市场上的精致俏丽,却牢牢地勾住了旅人们的脚步。

离手工作坊不远,是大大小小的画室和艺廊。桥头有人在演先锋派戏剧,路边有华丽的男高音在卖艺。从他们的艺术水准看,我真怀疑以前东欧国家的半数高层艺术家,都挤到布拉格来了。

什么样的城市都见过,却难得像布拉格那样,天天回荡着节日般的气氛。巴黎、纽约在开始成为国际文化中心的时候一定也有过这种四方会聚、车马喧腾的热闹吧?但它们现在已经有了太厚的沉淀,影响了涡旋的力度。一路看来,唯有布拉格,音符、色彩、人流,和一种重新确认的自由生态一起涡旋，淋漓酣畅。

　　捷克的经济情况并不太好。进布拉格前我们已经游荡了这个国家不少城市和农村，景况比较寥落。为什么独独布拉格如此欣欣向荣？由此我更加相信，一座杰出城市可以不被周边环境所左右，如陋巷美人、颓院芳草。遥想当初四周还寒意潇潇，"布拉格之春"早已惠风和畅。

　　那个春天被苏联坦克压碎了。此刻我正漫步在当年坦克通过最多的那条大街，中心花道间的长椅上坐着一位老人，他扬手让我坐在他身边，告诉我一种属于本城的哲学："我们地方太小，城市太老，总也打不过人家，那就不打；但布拉格相信，是外力总要离开，是文明总会留下，你看转眼之间，满街的外国坦克全都变成了外国旅客。"

　　我不知道自己十年前听到这种没有脾气的哲学，会有什么反应。但现在却向老人深深点头，是在这浓密的花丛间，正当夕阳斜照，而不远处老城广场上的古钟又正鸣响。

　　这个古钟又是一个话题。

　　古钟建于十五世纪。当时的市政当局怕工艺外泄，居然刺瞎了那位机械工艺

苏州·雍锦园·彻照

师的双眼。可见这钟声尽管可以傲视坦克的轰鸣,它自己也蕴含着太多的血泪。

我从这钟声中来倾听路边老人所讲的哲学,突然明白,一切达观,都是对悲苦的省略。

二

古钟位于老城广场西南角,广场中央是胡斯塑像。广场南方,是胡斯主持过的伯利恒教堂。

胡斯是宗教改革的先驱者,布拉格大学校长,一四一五年以"异端"的罪名被火刑烧死,这是我们小时候在历史课本里就读到过的。

教会判他是"异端",倒并不冤枉。记得中世纪的一个宗教裁判员曾经自炫,他可以根据任何一个作者的任何两行字就判定异端并用火烧死,而胡斯反对教会剥削行径的言论却明确无误。请听他的这段话:

甚至穷老太婆藏在头巾里的最后一个铜板,都被无耻的神父搜刮出来,……说神父比强盗还狡猾、还凶恶,难道不对吗?

在一般想象中,这样的人物一定会受到民众的拥护。当权者在广场上焚烧这样一位大学校长,会不会引起民众的反抗?

但是到了欧洲读到的历史资料却让我毛骨悚然。大量事实证明,民众恰恰是很多无耻暴行的参与者和欢呼者。一般在火刑仪式前夜,全城悬挂彩旗,市民进行庆祝游行,游行队伍中有一批戴着白色风帽、穿着肥大长袍把脸遮住的特殊人物,他们是宗教裁判员和本案告密者。执行火刑当日,看热闹的市民人山人海,其中很多人遵照教士的指示大声辱骂被押解的"犯人",亲属们则围在他的四周最后一次劝他忏悔。当火点起之后,市民中"德高望重"的人拥上前去,享受添加柴草的权利。

举报胡斯的"证人",恰恰是他原来的同道斯蒂芬·帕莱茨。胡斯的不少朋友,也充当了劝他忏悔的角色。

那么,统治当局是否考虑过其中有伪证和诬陷的可能?考虑过。但他们确信，即使是伪证和诬陷，受害者也应该高兴，因为他是为宗教而牺牲的。

总之，怎么诬陷都可以，怎么焚烧都可以。

但是，无知的民众却会被民族主义的火焰所点燃。胡斯之死终于被看成是罗马教廷对于捷克民族的侵犯，于是引发了一场以胡斯名字命名的大起义，为十六世纪的宗教改革写下了序篇。

因此，布拉格还是有点脾气的。

三

布拉格从什么时候开始蒸腾起艺术气氛来的，我还没有查证。我今天只采取一个最简便的办法，直接向一位享有世界声誉的大师奔去。

卡夫卡故居在一个紧靠教堂的路口，与从前见过的老照片完全一样。我进门慢慢转了一圈，出来后在教堂门口的石阶上坐了很久。这地方今天看起来仍然觉得有点气闷，房子与道路搭配得很不安定。我开始揣摩那位清瘦忧郁、深眼高鼻的保险公司职员站在这儿时的目光，谁知一揣摩便觉得胸闷气塞，真奇怪遥远的阅读记忆有如此强烈的功效。

何处是小职员变成甲虫后藏匿的房间？何处是明知无罪却逃避不掉的法庭？何处是终生向往而不得进入的城堡？

卡夫卡所在的犹太人群落，在当时既受奥匈帝国排犹情绪的打击，又受捷克民族主义思潮的憎恶，两头受压。在这种气氛中，父亲的紧张和粗暴，又近距离地加剧了生存困境。这种生存困境的扩大，恰恰是人类的共同处境。

他开始悄悄写作，连最要好的朋友布洛德也被瞒了好几年。四十岁去世时给布洛德留下了遗嘱："请将我遗留下来的一切日记、手稿、书信、速写等等毫无保留地统统烧掉。"幸好，布洛德没有忠实地执行这个遗嘱。

卡夫卡死在维也纳大学医院，尸体立即被运回布拉格。当时人们还不清楚，运回来的是一位可以与但丁、莎士比亚、歌德相提并论的划时代作家，布拉格已经拥有了世界级的文化重量。

与卡夫卡同时，布拉格还拥有了写作《好兵帅克》的哈谢克。想想二十世纪前期的布拉格真是丰厚，只怕卡夫卡过于阴郁，随手描出一个胖墩墩的帅克在边上陪着。

卡夫卡和哈谢克几乎同时出生又同时去世，他们有一种深刻的互补关系：卡夫卡以认真的变形来感受荒谬，哈谢克以佯傻的幽默来搞乱荒谬。这样一个互补结构出现于同一座城市已经够让国际文化界羡慕的了，但是几十年后居然有人提出，意义还不止于此。说这话的人，就是米兰·昆德拉。

昆德拉说，卡夫卡和哈谢克带领我们看到的荒谬，不是来自传统，不是来自理性，也不是来自内心，而是来自身外的历史，因此这是一种无法控制、无法预测、无法理解、无法逃脱的荒谬，可称之为"终极荒谬"。它不仅属于布拉格，而且也属于全人类。

现在谁都知道，说这番话的米兰·昆德拉，本身也是一位世界级的小说大师。他连接了卡夫卡和哈谢克之后的文学缆索，使布拉格又一次成为世界文学中最引人注目的地标。但在"布拉格之春"被镇压后著作被禁，他只好移居法国。

四

布拉格在今天的非同凡响，是让一位作家登上了总统高位。任总统而有点文才的人在国际上比比皆是，而哈维尔总统却是一位真正高水准的作家。

当年刚刚选上时真替他捏一把汗，现在十多年过去了，他居然做得平稳、自然，很有威望。更难得的是，他因顶峰体验而加深了有关人类生存意义的思考，成了一个更具哲学重量的总统。读着他近几年发表的论著，恍然觉得那位一直念叨着"生存还是死亡"的哈姆莱特，终于继承了王位。

捷克的总统府任何人都可以自由进出，本来很想去拜会他，可惜大门口的旗杆空着，表示总统不在。一打听，到联合国开会去了。

我在总统府的院子里绕来绕去，心想这是布拉格从卡夫卡开始的文化传奇的最近一章。

但相比之下，我读卡夫卡和昆德拉较多，对担任总统后的哈维尔却了解太少。因此以后几天不再出门，只在旅馆里读他的文章。随手记下一些大意，以免遗忘。

他说，病人比健康人更懂得什么是健康，承认人生有许多虚假意义的人，更能寻找人生的信念。传统的乐观主义虚设了很多"意义的岛屿"，引诱人热情澎湃，而转眼又陷入痛苦的深渊。哲人的兴趣不应该仅仅在岛屿，而是要看这些岛屿是否联结着海底山脉。这个"海底山脉"就是在摒弃虚假意义之后的信念。真正的信念并不憧憬胜利，而是相信生活，相信各种事情都有自己的意义，从而产生责任。责任，是一个人身份的基点。

他说，狂热盲目使真理蒙尘，使生活简单，自以为要解救苦难，实际上是增加了苦难，但等到发现往往为时已晚。世间很多政治灾祸，都与此有关。

他说，既然由他来从政，就要从精神层面和道德层面来看待政治，争取人性的回归。一个表面平静的社会很可能以善恶的混淆为背景，一种严格的秩序很可能以精神的麻木为代价。要防止这一切，前提是反抗谎言，因为谎言是一切邪恶的共同基础。政治阴谋不是政治，健康的政治鼓励人们真实地生活，自由地表达生命；成功的政治追求正派、理性、负责、诚恳、宽容。

他说，社会改革的最终成果是人格的变化。不改革，一个人就不想不断地自我超越，生命必然僵滞；不开放，一个人就不想不断地开拓空间，生命越缩越小，成天胶着于狭窄的人事纠纷。当权者如果停止社会改革，其结果是对群体人格的阉割。

他说，一切不幸的遗产都与我们有关，我们不能超拔历史，因此都是道德上的病人。我们曾经习惯于口是心非，习惯于互相嫉妒，习惯于自私自利，对于人类的互爱、友谊、怜悯、宽容，我们虽然也曾高喊，却失落了它们本身的深度。但是，我们又应相信，在这些道德病症的背后，又蕴藏着巨大的人性潜能。只要把这些潜能唤醒，我们就能重新获得自尊。

他说，那些国际上的危险力量未必是我们的主要敌人，那些曾给我们带来过不幸的人也未必是我们的主要敌人，我们的主要敌人是我们自己的恶习：自私、嫉妒、互损、空虚。这一切已侵蚀到我们的大众传媒，它们一味鼓动猜疑和仇恨，支持五花八门的劫掠。政治上的诽谤、诬陷也与此有关。正因为如此，我们更应该呼唤社会上巨大而又沉睡着的善意。

他说，文化从低层次而言，包括全部日常生活方式，从高层次而言，包括人们的教养和素质，因此，良好的政治理想都与文化有关。一个国家的公民在文化教养和举止习惯上的衰退，比大规模的经济衰退更让人震惊。

他说，知识分子比别人有更广泛的思考背景，由此产生更普遍的责任。这固然不错，但这种情况也可能产生反面效果。有些知识分子自以为参透了世界的奥秘，把握了人间的真理，便企图框范天下，指责万象，结果制造恐怖，甚至谋求独裁，历史上很多丑恶的独裁者都是知识分子出身。这样的知识分子现在要掌握大权已有困难，但一直在发出迷人的呼叫，或以不断地骚扰企图引起人们注意。我们应该提防他们，拒绝他们。与他们相反，真正值得信任的知识分子总是宽容而虚心，他们承认世界的神秘本质，深感自己的渺小无知，却又秉承人类的良心，关注着社会上一切美好的事物，他们能使世界更美好……

哈维尔因此也说到自己，他说自己作为总统实在有太多的缺点，只有一个优点，那就是没有权力欲望。正是这一点，使一切有了转机，使全部缺点不会转化为丑恶。

看来，他十年来在具体的权力事务上还是比较超逸的，因此能保持这些思考。但这些思考毕竟与他过去习惯的探讨生命的本质、荒诞的意义等等有很大的不同，他已从那个形而上的层面走向了社会现实，对此他并不后悔。

问了很多捷克朋友，他们对于选择哈维尔，也不后悔。他们说，文化使他具有了象征性，但他居然没有僵持在象征中，让捷克人时时享受来自权力顶峰的美丽思想和美丽语言，又经常可以在大街和咖啡馆看到他和夫人的平凡身影。

问他的缺点，有的捷克朋友说，文人当政，可能太软弱，该强硬的时候不够强硬。但另外一些捷克朋友不同意，说他当政之初曾有不少人建议他厉害一点，甚至具体地提醒他不妨偶尔拍拍桌子，哈维尔回答说："捷克需要的不是强硬，而是教养。"

哀希腊

> 现代世界上再嚣张、再霸道的那些国家，说起那个时代，也会谦卑起来。
> 他们会突然明白自己的辈分，自己的幼稚。

看到了爱琴海。浩大而不威严，温和而不柔媚，在海边炽热的阳光下只需借得几分云霭，立即凉意爽然。有一些简朴的房子，静静地围护着一个远古的海。

一个立着很多洁白石柱的巨大峭壁出现在海边。白色石柱被岩石一比，被大海一衬，显得精雅轻盈，十分年轻，但这是公元前五世纪的遗迹。

在这些石柱开始屹立的时候，孔子、老子、释迦牟尼几乎同时在东方思考。而这里的海边，则徘徊着埃斯库罗斯、索福克勒斯、苏格拉底、希罗多德和柏拉图。公元前五世纪的世界在整体上还十分荒昧，但如此耀眼的精神星座灿烂于一时，却使后世人类几乎永远地望尘莫及。这就是被称为"轴心时代"的神秘岁月。

现代世界上再嚣张、再霸道的那些国家，说起那个时代，也会谦卑起来。他们会突然明白自己的辈分，自己的幼稚。但是，其中也有不少人，越是看到长者的衰老就越是觊觎他们的家业和财宝。因此，衰老的长者总是各自躲在一隅，承受凄凉。

在现今世界留存的"轴心时代"遗迹中，眼前这个石柱群，显得特别壮观和完整。这对于同样拥有过"轴心时代"的中国人来说，一见便有一种特殊的亲切。

石柱群矗立在一个高台上，周围拦着绳子，远处有警卫，防止人们越绳而入。我与另一位主持人许戈辉小姐在拦绳外转着圈子抬头仰望，耳边飘来一位导游的片言只语："石柱上刻有很多游人的名字，包括一位著名的英国诗人……"

"拜伦！"我立即脱口而出。拜伦酷爱希腊文明，不仅到这里游历，而且还在希腊与土耳其打仗的时候参加过志愿队。我告诉许戈辉，拜伦在长诗《唐璜》中有一节写一位希腊行吟诗人自弹自唱，悲叹祖国拥有如此灿烂的文明而终于败落，十分动人。我还能记得其中一段的大致意思：

祖国啊，此刻你在哪里？你美妙的诗情，怎么全然归于无声？你高贵的琴弦，怎么落到了我这样平庸的流浪者手中？

拜伦的祖国不是希腊，但他愿意把希腊看成自己的文化祖国。因此，自己也就成了接过希腊琴弦的流浪者。

文化祖国，这个概念与地域祖国、血缘祖国、政治祖国不同，是一个成熟的人对自己的精神故乡的主动选择。相比之下，地域祖国、血缘祖国、政治祖国往往是一种先天的被动接受。主动选择自己的文化祖国，选择的对象并不多，只能集中在一些德高望重而又神秘莫测的古文明之中。拜伦选择希腊是慎重的，我知道他经历了漫长的"认祖仪式"，因此深信他一定会到海神殿来参拜，并留下自己的名字。猜测引发了好奇，我和戈辉都想偷偷地越过拦绳去寻找，一再回头，只见警卫已对我们两人虎视眈眈。

同来的伙伴们看出了我们两人的意图，不知用什么花招引开了警卫，然后一挥手，我和戈辉就钻进去了。石柱很多，会是哪一柱？我灵机一动，心想如果拜伦刻了名，一定会有很多后人围着刻，因此只需找那个刻名最密的石柱。这很容易，一眼就可辨别，刻得最密的是右边第二柱，但这一柱上上下下全是名字，拜伦会在哪里？我虽然只见过他的半身胸像却猜测他的身材应该颀长，因此抬头在高处找，找了两遍没有找到。刚刚移动目光，猛然看见，在稍低处，正是他的刻名。

刻得那么低，可以想见他刻写时的心情。文化祖先在上，我必须低头刻写，如对神明。很多人都理解了拜伦的心情，也跟着他往低处刻，弯腰刻，跪着刻。因此在他刻名的周围，早已是密密层层一片热闹。

由拜伦的刻名，我想起了苏曼殊。这位诗僧把拜伦《唐璜》中写希腊行吟诗人的那一节，翻译成为中国旧体诗，取名《哀希腊》，一度在中国影响很大。翻译的时间好像是一九〇九年，离今年正好九十年，翻译的地点是日本东京章太炎先生的寓所，章太炎曾为译诗润饰，另一位国学大师黄侃也动过笔。苏曼殊借着拜伦的声音哀悼中华文明，有些译句已充满激愤，如"我为希腊羞，我为希腊哭"。

　　苏曼殊、章太炎他们都没有来过希腊，但在本世纪初，他们已知道，中华文明与希腊文明具有历史的可比性。同样的苍老，同样的伟大，同样的屈辱，同样的不甘。因此，他们在远远地哀悼希腊，其实在近近地感叹中国。这在当时的中国，是一种超越前人的眼光。

　　我们在世纪末来到这里，只是他们眼光的一种延续。所不同的是，我们今天已不会像拜伦、苏曼殊那样痛心疾首。希腊文明早已奉献给全人类，以狭隘的国家观念来呼唤，反而降低了它。拜伦的原意，其实要宽广得多。

　　不管怎么说，我们来希腊的第一天就找到了大海，找到了神殿，找到了公元前五世纪，找到了拜伦，并由此而引出了苏曼殊和中国，已经足够。

人类还非常无知

> 我们平日总以为人类的那些早期圣哲一定踩踏在荒昧的地平线上，谁知回溯远处的远处，却是一种时髦而精致的生活形态。（克里特岛的）种种细节都在微笑着反问我们：你们，是否还敢说"古代"和"现代"？

清晨四点半起床，赶早班飞机，去克里特岛。

这些天一直睡得太少，今天又起得那么早，一上飞机就睡着了。我在蒙眬中感到眼前一片红光，勉强睁眼，却从飞机的窗口看到了爱琴海壮丽的日出。迷迷糊糊下了飞机，又上了汽车，过一会儿说是到了，下车几步才清醒：我们站在一个层楼交叠的古代宫殿遗址前面。

多数房子有四层，其中两层埋于地下。现在挖掘之后，猛一看恰似现代军事防空系统。但是，谁能相信，这个宫殿至迟建成于公元前十八世纪，距离今天已经整整三千七百多年！它湮灭于公元前十五世纪，也已有三千五百年。发现于二十世纪的第一年，一九〇〇年。发现者是英国考古学家伊凡斯（*Sir Arthur Evans*），他的半身雕像，就竖立在宫殿门口。

说希腊的事，在时间上要用大概念。例如，经常要把公元前五世纪当作一个中点，害得我们这些天来已经不愿理会公元后的文化遗迹。但是一到克里特岛，时间概念还要狠狠地往前推，从公元前三十世纪说起，然后再一步步下伸到它的黄金时代，即公元前十八世纪至公元前十五世纪，当时统称为米诺斯（*Minos*）王朝，米诺斯是统治者的头衔。米诺斯的所在地，叫克诺撒斯（*Knossos*），因此也叫克诺撒斯宫殿。

与想象中的古代王宫不同，这个宫殿中没有宏大的神殿，却有更多的人的气息。男女似乎也比较平等，也没有看到早期奴隶制社会森严界限的遗迹。我想，这应该与通达的海上商业有关。

置身于这个宫殿中，处处都能发现惊人的东西。例如，科学的排水系统直到今天仍有不少城市建筑学家前来观摩；粗细相嵌的陶制水管据说与二十世纪瑞士申请的一项设计专利没有多少差别；单人浴缸的形态，即使放在今天巴黎的洁具商店里也不算过时；而细细勘察，当时有些浴缸里用的还是牛奶。还有，厕所的冲水设备，窗子的通风循环结构，都让人叹为观止。皇帝、皇后的住所紧靠，共同面对一个大厅，大厅有不同的楼梯进入他们各自的卧室。大厅一侧，又有他们各自独立的卫生间，皇后的卫生间里还附有化妆室。

如此先进的生活方式，居然发生在苏格拉底、孔子、释迦牟尼诞生前的一千年？这真要让人产生一种天旋地转的时间大晕眩。

我们平日总以为人类的那些早期圣哲一定踩踏在荒昧的地平线上，谁知回溯远处的远处，却是一种时髦而精致的生活形态。种种细节都在微笑着反问我们：你们，是否还敢说"古代"和"现代"？

从出土的文物看，这里受埃及影响很大，也有一些小亚细亚的风格。所处的地理位置使它成了古代欧、亚、非三大洲交流的聚散点，这也使希腊文明不能称之为一种完全自创的文明。但就欧洲而言，它是后世各种文明的共同祖先。

但是，严重的问题出来了。

那么早就出现在克里特岛上的这些人是谁？什么人种？来自何方？显然远不止是土著，那么，大部分是来自于埃及，还是亚洲，或是希腊本土？考古学家伊凡斯发现了一大堆被称之为"线形文字A"的资料，估计能解答这个问题，但这种文字一百年来始终未能破读。

另一个更严重的问题是：这么一个显赫的王朝，这么一种成熟的文明，为什么在公元前十五世纪突然湮灭？

美国学者认为是由于岛北一百多公里处的桑托林火山爆发，火山灰六十多米厚，又引发海啸，海浪五十余米高，彻底毁灭了克里特岛。但另一些考古学家却发现，在火山爆发前，克里特岛已遭浩劫。至于何种浩劫，意见也有不同，有的说是内乱，有的说是外敌。

我本人倾向于火山爆发一说，理由之一是它湮灭得过于彻底，不像是战争原因；理由之二是我们看到的宫殿有一半在地下，掩埋它的应该是火山灰。

总之，欧洲文明好不容易找到了自己的源头，但这个源头因何而来，由何而去，都不清楚。由此应该明白，人类其实还非常无知，连对自己文明的关键部位也完全茫然。

未知和无知并不是愚昧，真正的愚昧是对未知和无知的否认。

苏州·雍锦园·水磨

文字外的文明

> 我们一路探访的，大多是名垂史册的显形文明，而佩特拉却提供了另一种让历史学家张口结舌的文明形态。它说，人类有比常识更长的历史、更多的活法、更险恶的遭遇、更寂寞的辉煌。

从安曼向南走，二百公里都是枯燥的沙地和沙丘，令人厌倦。突然，远处有一种紫褐色的巨大怪物，像是一团团向天沸腾的涌泉，滚滚蒸气还在上面缭绕。但这只是比喻，涌泉早已凝固，成了山脉，缭绕的蒸气是山顶云彩。人们说，这就是佩特拉（Petra）。

十九世纪，一位研究阿拉伯文明的瑞士学者从古书上看到，在这辽阔的沙漠里有一座"玫瑰色的城堡"。他想，这座城堡应该有一些遗迹吧，哪怕是一些玫瑰色的碎石？他经过整整九年的寻找，发现了这个地方。

山口有一道裂缝，深不见底。一步踏入，只见两边的峭壁齐齐地让开七八米左右，形成一条弯曲而又平整的甬道。

高处窄窄的天，脚下窄窄的道，形成两条平行线。两边紧贴的峭壁，有的做刀切状，有的做淋挂状，全部都是玫瑰红。中间掺一些赭色的纹、白色的波，一路明艳，一路喜气，款款曼曼地舒展进去。

甬道的终点，是凿在崖壁上的一座罗马式宫殿。这座宫殿，出现在这个地方，几乎每个旅行者都会跷然停步，惊叫一声。底层十余米高的六个圆柱，几乎没有任何缺损。进入门厅，有台阶通达正门，两边又有侧门，门框门楣的雕刻也十分完好。

门厅两边是高大的骑士浮雕，人和马都呈现为一种简练饱满的写意风格。二层是三组高大的亭柱雕刻，中间一组为圆形，共有九尊罗马式神像浮雕。

宫殿的整体风格是精致、高雅、堂皇，集中了欧洲贵族的审美追求，而二层的圆形亭柱和一层的写意浮雕又有鲜明的东方风格。

这座宫殿，你甚至不愿意把它当作遗迹。它的齐整程度，就像现代刚刚建成的一座古典建筑。但现代哪有这般奢侈，敢用一色玫瑰红的原石筑造宫殿，而且是凿山而建！

这座宫殿被称之为"法老宝库"。再走一段路，还能看到一座完好的罗马竞技场，所有的观众席都是凿山而成，环抱成精确的半圆形。竞技场对面，是大量华贵的欧洲气派的皇家陵墓。此外，玫瑰色的山崖间洞窟处处，每一个洞窟都有精美设计。

站在底下举头四顾，立即就能得出结论，这是一个梦幻般的城郭所在。这个城郭被崇山包裹，只有一两条山缝隐秘相通。这里干燥、通风，又有泉眼，我想古代任何一个部落只要一脚踏入，都会把这里当作最安全舒适的城寨。

佩特拉如此美丽神奇，却缺少文字。也许，该有的文字还在哪个没被发现的石窟中藏着。因此，我们对它的历史，也只能猜测和想象。

一般认为，它大约是公元前五世纪以后那巴特人（Nabataean）的庇护地，他们是游牧的阿拉伯人中的一支，从北方过来，在这里建立了厄多姆王国。因此这个隐蔽的地方也曾热闹非凡，过往客商争相在曲折的甬道进进出出，把它当作驿站。公元前一世纪，这儿的繁荣远近闻名。公元一〇六年，它进入罗马人的势力范围，因此打上了深深的罗马印记。

但是，大约到公元三世纪，它渐渐变得冷清；到公元七世纪，它几乎已经死寂。究其原因，一说是过往客商已经开辟新路，此处不再成为交通驿站；二说是遇到两次地震，滚滚下倾的山石使人们不敢再在这里居住。

总之，它彻底地逃离了文明的视线。差不多有一千年时间，精美绝伦的玫瑰红宫殿和罗马竞技场不再有人记得。但是，它们都还完好无损地存在着，只与清风明月为伴。

只有一些游牧四处的贝都因人（Bedouins）在这里栖息，我不知道他们面对这些壮丽遗迹时做何感想。他们的后代也许以为，天地间本来就应该有这么华美的厅堂玉阶，供他们住宿。那么，他们如果不小心游牧到巴黎，也会发出"不过尔尔"之叹。

站在佩特拉的山谷中我一直在想：我们一路探访的，大多是名垂史册的显形文明，而佩特拉却提供了另一种让历史学家张口结舌的文明形态。这样的形态，在人类发展史上应该比显形文明更多吧？

知道有王国存在过，却完全不知道存在的时间和原因，更不知道统治者的姓名和履历；估计发生过战争，却连双方的归属和胜败也一无所知；目睹有精美建筑，却无法判断它们的主人和用途……

人们对文明史的认识，大多停留在文字记载上。这也难怪，因为人们认知各种复杂现象时总会有一种简单化、明确化的欲望，尤其在课堂和课本中更是这样。所以，取消弱势文明、异态文明、隐蔽文明，几乎成了一种普遍的社会心理习惯。这种心理习惯的恶果，就是用几个既定的概念，对古今文明现象定框划线、削足适履，伤害了文明生态的多元性和天然性。

为了追求有序而走向无序，为了规整文明而损伤文明，这是我们常见的恶果。更常见的是，很多人文学科一直在为这种恶果推波助澜。

佩特拉以它惊人的美丽，对此提出了否定。它说，人类有比常识更长的历史、更多的活法、更险恶的遭遇、更寂寞的辉煌。

最后一个话题

> 世界各国的文明人都喜欢来尼泊尔,不是来寻访古迹,而是来沉浸自然。没想到人类苦苦折腾了几千年,最喜欢的并不是自己的创造物。外来旅行者也喜欢这里的生活气氛,喜欢淳真、忠厚、慢节奏。

世界各国的文明人都喜欢来尼泊尔,不是来寻访古迹,而是来沉浸自然。这里的自然,无论是喜马拉雅山还是原始森林,都比任何一种人类文明要早得多。没想到人类苦苦折腾了几千年,最喜欢的并不是自己的创造物。

外来旅行者也喜欢这里的生活气氛,喜欢淳真、忠厚、慢节奏,喜欢村落稀疏、房舍土朴、环境洁净、空气新鲜、饮水清澈。其实说来说去,这一切也就是更贴近自然,一种未被太多污染的自然。

相比之下,一切古代文明或现代文明的重镇,除了工作需要,人们倒反而不愿去了。那里人潮汹涌、文化密集、生活方便,但是,能逃离就逃离,逃离到尼泊尔或类似的地方。

这里就出现了一个深刻的悖论。本来,人类是为了摆脱粗粝的自然而走向文明的。文明的对立面是荒昧和野蛮,那时的自然似乎与荒昧和野蛮紧紧相连。但是渐渐发现,事情发生了倒转,拥挤的闹市可能更加荒昧,密集的人群可能更加野蛮。

现代派艺术写尽了这种倒转,人们终于承认,宁肯接受荒昧和野蛮的自然,也要逃避荒昧化、野蛮化的所谓文明世界。

如果愿意给文明以新的定位,那么它已经靠向自然一边。人性,也已把自己的目光投向以前的对手自然。

现在我们已经不可能抹去或改写人类以前的文明史,但有权利总结教训。重要的教训是：人类不可以对同类太嚣张，更不可以对自然太嚣张。

这种嚣张也包括文明的创造在内，如果这种创造没有与自然保持和谐。

文明的非自然化有多种表现。繁衍过度、消费过度、排放过度、竞争过度、占据空间过度、繁文缛节过度、知识炫示过度、雕虫小技过度、心理曲折过度、口舌是非过度、文字垃圾过度、无效构建过度……显而易见，这一切已经构成灾难。对这一切灾难的总结性反抗，就是回归自然。

与贫困和混乱相比，我们一定会拥有富裕和秩序，但更重要的，是美丽和安适，也就是哲人们向往的"诗意地居息"。我预计，中华文明与其他文明的比赛，也将在这一点上展开。

我突然设想，如果我们在世纪门槛前稍稍停步，大声询问两千多年前的中国哲人们对这个问题的意见，那么我相信，他们中的绝大多数不会有太大分歧。对于文明堆积过度而伤害自然生态的现象，都会反对。

孔子会说，我历来主张有节制的愉悦，与天和谐；墨子会说，我的主张比你更简单，反对任何无谓的耗费和无用的积累；荀子则说，人的自私会破坏世界的简单，因此一定要用严厉的惩罚把它扭转过来……

微笑不语的是老子和庄子，他们似乎早就预见一切，最后终于开口：把文明和自然一起放在面前，我们只选自然。世人都在熙熙攘攘地比赛什么？要讲文明之道，唯一的道就是自然。

这就是说，中国文化在最高层面上是一种做减法的文化，是一种向往简单和自然的文化。正是这个本质，使它节省了很多靡费，保存了生命。

第三辑
慢享至美

线的艺术——书法之美

> 千百年来，在这块辽阔的土地上，什么都可以分裂、诀别、遗佚、湮灭，唯一断不了、挣不脱的，就是这些黑黝黝的流动线条。

笔墨是用来书写历史的，但它自己也有历史。

我一再想，中国文化千变万化，中国文人千奇百怪，却都有一个共同的载体，那就是笔墨。

这笔墨肯定是人类奇迹。一片黑黝黝的流动线条，既实用，又审美，既具体，又抽象，居然把全世界人口最多的族群联结起来了。千百年来，在这块辽阔的土地上，什么都可以分裂、诀别、遗佚、湮灭，唯一断不了、挣不脱的，就是这些黑黝黝的流动线条。

那些黑森森的文字，正是中国文化的生命基元。它们的重要性，怎么说也不过分。

其一，这些文字证明，中国人和中国文化已经彻底摆脱了蒙昧时代、结绳时代、传说时代，终于找到了可以快速攀缘的文化台阶。如果没有这个文化台阶，在那些时代再沉沦几十万年，都是有可能的。有了这个文化台阶，则可以进入哲思，进入诗情，而且可以上下传承。于是，此后几千年，远远超过了此前几十万年、几百万年。

其二，这些文字，展现了中华民族始终保持一种共同生态的契机。辽阔的山河，诸多的方言，纷繁的习俗，都可以凭借着这些小小的密码而获得统一,而且由统一而共生,由统一而互补,由统一而流动,由统一而伟大。

其三,这些文字一旦被书写,便进入了一种集体人格。这种集体人格,有风范,有意态,有表情,又协和四方、对话众人。于是,书写过程既是文化流通过程,又是人格修炼过程。一个个汉字,千年百年书写着一种九州共仰的人格理想。

其四,这些文字一旦被书写,也进入一种高层审美程序,有造型,有节奏,有徐疾,有韵致。于是,永恒的线条,永恒的黑色,至简至朴,又至深至厚,推进了中国文化的美学品格。

……

我曾经亲自考察过人类其他重大的古文明的废墟,特别关注那里的文字遗存。与中国汉字相比,它们有的未脱原始象形,有的未脱简陋单调,有的未脱狭小神秘。在北非的沙漠边,在中东的烟尘中,在南亚的泥污间,我明白了那些文明中断和湮灭的技术原因。

在中国的很多考古现场,我也见到不少原始符号。它们有可能向文字过渡,但更有可能结束过渡。就像地球上大量文化遗址一样,符号只是符号,没有找到文明的洞口,终于在黑暗中消亡。

由此可知,文字,因刻刻画画而刻画出了一个民族永久的生命线。人类的诸多奇迹中,中国文字,独占鳌头。

一般所说的书法,总是有笔有墨。但是,我们首先看到的文字,却不见笔迹和墨痕,而是以坚硬的方法刻铸在甲骨上、青铜钟鼎上、瓦当上、玺印上。更壮观的,则是刻凿在山水之间的石崖、石鼓、石碑上。

不少学者囿于"书法即是笔墨"的观念,却又想把这些文字纳入书法范畴,便强调它们在铸刻之前一定用笔墨打过草稿,又惋叹一经铸刻就损失了原有笔墨的风貌。我不同意这种看法。

用笔墨打草稿是有可能的,但也未必。我和妻子早年都学过一点篆刻,在摹访齐白石的阴文刀法时,就不会事先在印石上画样,而只是快刃而下,反得锋力自如。由此看甲骨文,在那些最好的作品中,字迹的大小方圆错落多姿,粗细轻重节奏灵活,多半是刻画者首度即兴之作,而且照顾到了手下甲骨的坚松程度和纹路结构,因此不是"照样画葫芦"。

石刻和金文,可能会有笔墨预稿,但一旦当凿刀与山岩、铸模强力冲击，在声响、石屑、火星间，文字的笔画必然会出现特殊的遒劲度和厚重感。这是笔墨的损失吗？如果是，也很好。既然笔墨草稿已经看不到了，那么，中国书法由这么一个充满自然力、响着金石声的开头，可能更精彩。

也许我们可以说：中国书法史的前几页，以铜铸为笔，以炉火为墨，保持着洪荒之雄、太初之质。

……

我在殷商时的陶片和甲骨上见到过零星墨字，在山西出土的战国盟书、湖南出土的战国帛书、湖北出土的秦简、四川出土的秦木牍中，则看到了较为完整的笔写墨迹。当然，真正让我看到恣肆笔墨的，是汉代的竹简和木简。

长沙马王堆帛书的出土，让我们一下子看到了十二万个由笔墨书写的汉代文字，云奔潮卷般让人不敢相信自己的眼睛。这是中国书法史上的盛大节日，而出土时间又十分蹊跷，是一九七三年底至一九七四年初，正处于那场名为"文革"的民粹主义浩劫的焦灼期。这不禁又让人想到甲骨文出土时的那一场浩劫，古文字总是选中这样的时机从地下喷涌而出。我不能不低头向大地鞠躬，再仰起头来凝视苍天。

那年我二十七岁，急着到各个图书馆寻找一本本《考古》杂志和《文物》杂志，细细辨析所刊登的帛书文字。我在那里看到了两千一百多年前中国书法的一场大回涌、大激荡、大转型。由篆书出发，向隶、向草、向楷的线索都已经露出端倪，两个同源异途的路径，也已形成。

从此我明白，若要略知中国书法史的奥秘，必先回到汉武帝之前，上一堂不短的课。

汉以前出现在甲骨、钟鼎、石碑上的文字，基本上都是篆书。那是一个订立千年规矩的时代，重要的规矩由李斯这样的高官亲自书写，因此那些字，都体型恭敬、不苟言笑、装束严整，而且都一个个站立着，那就是篆书。

李斯为了统一文字，对各地繁缛怪异的象形文字进行简化。因此他手下的小篆，已经薄衣少带，骨骼精练。

统一的文字必然会运用广远，而李斯等人设计的兵厉刑峻，又必然造成紧急文书的大流通。因此，书者的队伍扩大了，书写的任务改变了，笔下的字迹也就脱去了严整的装束，开始奔跑。

东汉书法家赵壹曾经写道：

盖秦之末，刑峻网密，官书烦冗，战功并作，军书交驰，羽檄纷飞，故为隶草，趋急速耳。

（《非草书》）

这就是说，早在秦末，为了急迫的军事、政治需要，篆书已转向隶书，而且又转向书写疾速的隶书，那就是章草的雏形了。

有一种传说，秦代一个叫程邈的狱隶犯事，在狱中简化篆书而成隶书。隶书的名字，也由此而来。如果真是这样，程邈的"创造"也只是集中了社会已经出现的书写风尚，趁着狱中无事，整理了一下。

一到汉代，隶书更符合社会需要了。这是一个开阔的时代，众多的书写者席地而坐，在几案上执笔。宽大的衣袖轻轻一甩，手势横向舒展，把篆书圆曲笔态一变为"蚕头燕尾"的波荡。

这一来，被李斯简化了的汉字更简化了，甚至把篆书中所遗留的象形架构也基本打破，使中国文字向着抽象化又解放了一大步。这种解放是技术性的，更是心理性的，结果，请看出土的汉隶，居然夹杂着那么多的率真、随意、趣味、活泼、调皮。

我记得，当年马王堆帛书出土后，真把当代书法家看傻了。悠悠笔墨，居然有过这么古老的潇洒不羁！

当然，任何狂欢都会有一个像样的凝聚。事情一到东汉出现了重大变化，在率真、随意的另一方面，碑刻又成了一种时尚。有的刻在碑版上，有的刻在山崖上，笔墨又一次向自然贴近，并成了自然的一部分。叮叮当当间，文化和山河在相互叩门。

毕竟经历过了一次大放松，东汉的隶碑品类丰富，与当年的篆碑大不一样了。你看，那《张迁碑》高古雄劲，还故意用短笔展现拙趣，就与飘洒荡漾、细笔慢描的《石门颂》全然不同。至于《曹全碑》，隽逸守度，刚柔互济，笔笔入典，是我特别喜欢的帖子。东汉时期的这种碑刻有多少？不知道，只听说有记录的七八百种，有拓片的也多达一百七十多种。那时的书法，碑碑都在比赛，山山都在较量。似乎天下有了什么大事，家族需要什么纪念，都会立即求助于书法，而书法也总不令人失望。

说了汉隶，本应该说楷书了，因为楷出汉隶。但是，心中有一些有关汉隶的凄凉后话，如果不说，后面可能就插不进了，那就停步聊几句吧。

隶书，尽管风格各异，但从总体看，几项基本技巧还是比较单纯、固定，因此，学起来既易又难。易在得形，难在得气。在中外艺术史上，这样的门类在越过高峰后就不太可能另辟蹊径，再创天地。隶书在这方面的局限，更加明显。例如，唐代文事鼎盛，在书法上也硕果累累，但大多数隶书却日趋肥硕华丽，徒求形表，失去了生命力。千年之后，文事寥落的清代有人重拾汉隶余风，竟立即胜过唐代。但作为清隶代表的金农、黄易、邓石如等人，毕竟也只是技法翻新，而气势难寻。在当代"电脑书法"中，最丑陋的也是隶书，不知为什么反被大陆诸多机关大量取用，连高铁的车名、站名也包括在内。结果，人们即便呼啸疾驰，也逃不出那种臃肿、钝滞、笨拙的笔画。

这下，可以回过去说说楷书的产生了。

历史上有太多的书法论著都把楷书的产生与一个人的名字连在一起。这个人叫王次仲，河北人。《书断》《劝学篇》《宣和书谱》《序仙记》等等都说他"以隶字作楷法"。但他是什么时代的人？说法不一，早的说与秦始皇同时代，晚的说到汉末，差了好几百年。

有争论的，是"以隶字作楷法"这种说法。"楷法"，有可能是指楷书，也有可能是指为隶书定楷模。如果他生于秦，应该是后者；如果生得晚，应该是前者。

我反复玩味着那些古代记述，觉得它们所说的"楷法"主要还是指楷书。但是，我历来不赞成把一种重要的文化蜕变归之于一个人，何况谁也不清楚王次仲的基本情况。如果从书法的整体流变逻辑着眼，我大体判断楷书产生于汉末魏初。如果一定要拿一个大家都知道的人做标杆，那么，我可能会选钟繇（公元151—230年）。

钟繇是大动荡时代的大人物，主要忙于笔墨之外的事功。官渡大战打得最激烈的时候，他支援曹操一千多匹战马，后来又建立一系列战功，曾被魏文帝曹丕称为"一代之伟人"。可以想象，这样一位将军来面对文字书写的时候，会产生一种什么样的心理沙场。

他会觉得，隶书的横向布阵，不宜四方伸展；他会觉得，隶书的扁平结构，缺少纵横活力；他会觉得，隶书的波荡笔触，应该更加直接；他会觉得，隶书的蚕头燕尾，须换铁钩铜折……

但是，他毕竟不是粗人，而是深谙笔墨之道。他知道经过几百年流行，不少隶书已经减省了蚕头燕尾，改变了方正队列，并在转折处出现了顿挫。他有足够功力把这项改革推进一步，而他的社会地位又增益了这项改革在朝野的效能。

于是，楷书，或曰真书、正书，便由他示范，由他主导，堂堂问世。他的真迹当然看不到了，却有几个刻本传世，不知与原作有多大距离。其中那篇写于公元二二一年的《宣示表》，据说是王羲之根据自家所藏临摹，后刻入《淳化阁帖》的。因为临摹者是王羲之，虽非真品也无与伦比，并由此亦可知道钟繇和王羲之的承袭关系。从《宣示表》看，虽然还存隶意，却已解除隶制，横笔不波，内外皆收，却是神采沉密。其余如《荐季直表》《贺捷表》都显得温厚淳朴，见而生敬。

钟繇比曹操大四岁，但他书写《宣示表》和《荐季直表》的时候，曹操已在一年前去世，而他自己也已七十高龄了。我想，曹操生前看到这位老朋友那一幅幅充满生命力的黑森森楷书时，一定会联想到官渡大战时那一千多匹战马。曹操自己的书法水平如何？应该不会太差，我看到南朝一位叫庾肩吾的人写的《书品》，把自汉以来的书法家一百多人进行排序。分为上、中、下三等，每等之中又各分三品，因此就形成了九品。上等的上品是三个人：张芝、钟繇、王羲之。曹操不在上等，而是列在中等的中品。看看这个名单中的其他人，这个名次也算不错了。《书品》的作者还评价曹操的书法是"笔墨雄赡"。到了唐代，张怀瓘在《书断》中把曹操的书法说成是"妙品"，还说他"尤工章草，雄逸绝伦"。

章草是隶书的直接衍伸。当时的忙人越来越不可能花时间在笔墨上舒袖曼舞，因此都会把隶书写快。为了快，又必须进一步简化，那就成了章草。章草的横笔和捺笔还保持着隶书的波荡状态，笔笔之间也常有牵引，但字字之间不相连接。章草的首席大家，是汉代的张芝。后来，文学家陆机的《平复帖》也给我们留下了很深的印象。等到楷书取代隶书，章草失去了母本，也就顺从楷书而转变成了今草，也称小草。今草就是我们所熟悉的草书了，一洗章草上保留的波荡，讲究上下牵引，偏旁互借，流转多姿，产生前所未有的韵律感。再过几百年到唐代，草书中将出现以张旭、怀素为代表的狂草，那是后话了。

人类，总是在庄严和轻松之间交相更替，经典和方便之间来回互补。当草书欢乐地延伸的时候，楷书又在北方的坚岩上展示力量。这就像现代音乐，轻柔和重石各擅其长，并相依相融。

草书和楷书相依相融的结果，就是行书。

行书中，草、楷的比例又不同。近草，谓之行草；近楷，谓之行楷。不管什么比例，两者一旦结合，便产生了奇迹。在流丽明快、游丝引带的笔墨间，仿佛有一系列自然风景出现了——那是清泉穿岩，那是流云出岫，那是鹤舞雁鸣，那是竹摇藤飘，那是雨叩江帆，那是风动岸草……

惊人的是，看完了这么多风景，再定睛，眼前还只是一些纯黑色的流动线条。

能从行书里看出那么多风景，一定是进入到了中国文化的最深处。然而，行书又是那么通俗，稍有文化的中国人都会随口说出王羲之和《兰亭序》。

那就必须进入那个盼望很久的门庭了：东晋王家。

是的，王家，王羲之的家。我建议一切研究中国艺术史、东方审美史的学者在这个家庭多逗留一点时间，不要急着出来。因为有一些远超书法的秘密，在里边潜藏着。

任何一部艺术史都分两个层次。浅层是一条小街，招牌繁多，摊贩密集，摩肩接踵；深层是一些大门，平时关着，只有问很久，等很久，才会打开一条门缝。跨步进去，才发现林苑茂密，屋宇轩朗。王家大门里的院落，深得出奇。

王家有多少杰出的书法家？一时扳着手指也数不过来。王羲之的父辈，其中有四个是杰出书法家。王羲之的父亲王旷算一个，但是，伯伯王导和叔叔王廙的书法水准比王旷高得多。到王羲之一辈，堂兄弟中的王恬、王洽、王劭、王荟、王茂之都是大书法家。其中，王洽的儿子王珣和王珉，依然是笔墨健将。别的不说，我们现在还能在博物馆里凝神屏息地一睹风采的《伯远帖》，就出自王珣手笔。

那么多王家俊彦，当然是名门望族的择婿热点。一天，一个叫郗鉴的太尉，派了门生来初选女婿。太尉有一个叫郗璿的女儿，才貌双全，已到了婚嫁的年龄。门生到了王家的东厢房，那些男青年都在，也都知道这位门生的来历，便都整理衣帽，笑容相迎。只有在东边的床上有一个青年，袒露着肚子在吃东西，完全没有在乎太尉的这位门生。门生回去后向太尉一描述，太尉说："就是他了！"

于是，这个袒腹青年就成了太尉的女婿，而"东床"，则成了此后中国文化对女婿的美称。

这个袒腹青年就是王羲之。那时，正处于曹操、诸葛亮之后的"后英雄时代"，魏晋名士看破了一切英雄业绩，只求自由解放、率真任性，所以就有了这张东床，这个太尉，这段婚姻。

王羲之与郗璿结婚后，生了七个儿子，每一个都擅长书法。这还不打紧，更重要的是，其中五个，可以被正式载入史册。除了最小的儿子王献之名垂千古外，凝之、徽之、操之、涣之四个都是书法大才。这些儿子，从不同的方面承袭和发扬了王羲之。有人评论说："凝之得其韵，操之得其体，徽之得其势，涣之得其貌，献之得其源。"（《东观余论》）这个评论可能不错，因为相比之下，"源"是根本，果然成就了王献之，能与王羲之齐名。

更让人瞠目结舌的是，这个家庭里的不少女性，也是了不起的书法家。例如，王羲之的妻子郗璿，被周围的名士赞之为"女中仙笔"。王羲之的儿媳妇，也就是王凝之的妻子谢道韫，更是闻名远近的文化翘楚，她的书法，被评之为"雍容和雅，芳馥可玩"。在这种家庭气氛的熏染下，连雇来帮助抚育小儿子王献之的保姆李如意，居然也能写得一手草书。

李如意知道，就在隔壁，王洽的妻子荀氏，王珉的妻子汪氏，也都是书法高手。脂粉裙钗间，典雅的笔墨如溪奔潮涌。

我们能在一千七百年后的今天，想象那些围墙里的情景吗？可以肯定，这个门庭里进进出出的人都很少谈论书法，门楣、厅堂里也不会悬挂名人手迹。但是，早晨留在几案上的一张出门便条，一旦藏下，便必定成为海内外哄抢千年的国之珍宝。

晚间用餐，小儿子握筷的姿势使对桌的叔叔多看了一眼，笑问："最近写多了一些？"

站在背后的年轻保姆回答:"临张芝已到三分。"

谁也不把书法当专业,谁也不以书法来谋生。那里出现的,只是一种生命气氛。

自古以来,这种家族性的文化大聚集,很容易被误解成生命遗传。请天下一切姓王的朋友们原谅了,我说的是生命气氛,而不是生命遗传。但同时,又要请现在很多"书法乡""书法村"的朋友们原谅了,我说的气氛与生命有关,而且是一种极其珍罕的集体生命,并不是容易摹拟的集体技艺。

这种集体生命为什么珍罕?因为这是书法艺术在经历了从甲骨文出发的无数次始源性试验后,终于走到了一个经典型的创造平台。像是道道山溪终于汇聚成了一个大水潭,立即奔泻成了气势恢宏的大瀑布。大瀑布有根有脉,但它的汇聚和奔泻,却是"第一原创",此前不可能出现,此后不可能重复。

人类史上难得出现有数的高尚文化,但大多被无知和低俗所吞噬,只有少数几宗有幸进入"原创爆发期"。爆发之后,即成永久典范。中国现代学者受西方引进的进化论和社会发展论影响太深,总喜欢把巨峰跟前的丘壑说成是新时代的进步形态,惹得很多不明文化大势的老实人辛劳毕生试图超越。东晋王家证明,后世那种以为高尚文化也会一代代"进化""发展"的观念是可笑的。

在王羲之去世二百五十七年后建立的唐朝是多么意气风发,但对王家的书法却一点儿也不敢"再创新"。就连唐太宗,这么一个睥睨百世的伟大君主,也只得用小人的欺骗手段赚得《兰亭序》,最后殉葬昭陵。他知道,万里江山可以易主,文化经典不可再造。

唐代那些大书法家,面对王羲之,一点儿也没有盛世之傲,永远的临摹、临摹、再临摹。这些临本,让我们隐约看到了一个王羲之,却又清晰地看到了一群崇拜者。唐代懂得崇拜,懂得从盛世反过来崇拜乱世,懂得文化极品不管出于何世都只能是唯一。这,就是唐代之所以是唐代。

公元六七二年冬天,一篇由唐太宗亲自写序,由唐高宗撰记的《圣教序》被刻石。唐太宗自己的书法很好,但刻石用字,全由怀仁和尚一个个地从王羲之遗墨中去找,去选,去集。皇权对文化谦逊到这个地步,让人感动。但细细一想，又觉正常。这正像，唐代之后的文化智者只敢吟咏唐诗，却不敢大言赶超唐诗。

同样，全世界的文化智者都不会大言赶超古希腊的哲学、文艺复兴时期的美术、莎士比亚的戏剧。

公元四世纪中国的那片流动墨色，也成了终极的文化坐标。

唐代书法，最绕不开的，是颜真卿。整部中国文化史，在人格上对我产生全面震撼的是两个人，一是司马迁，二是颜真卿。颜真卿对我更为直接，因为我写过，我的叔叔余志士先生首先让我看到了颜真卿的帖本《祭侄稿》，后来他在"文革"浩劫中死得壮烈，我才真正读懂了这个帖本的悲壮文句和淋漓墨迹。以后，那番墨迹就融入了我的血液。

我在上文曾经提过，平日只要看到王羲之父子的六本法帖，就会产生愉悦，扫除纷扰。但是，人生也会遇到极端险峻、极端危难的时刻，根本容不下王羲之。那当口，泪已吞，声已噤，恨不得拼死一搏，玉石俱焚。而且，打量四周，也无法求助于真相、公义、舆论、法庭、友人。最后企盼的，只是一种美学支撑。就像冰海沉船彻底无救，抬头看一眼乌云奔卷的图景；就像乱刀之下断无生路，低头看一眼鲜血喷洒的印纹。

美学支撑，是最后支撑。

那么，颜真卿《祭侄稿》的那番笔墨，对我而言，就是乌云奔卷的图景，就是鲜血喷洒的印纹。

就像中国文化中的很多领域一样，唐代一过，气象大减。这在书法领域，尤其明显。

书法家当然还会层出不穷，而且往往是，书运越衰，书家越多。这是因为，文化之衰，首先表现为巨匠寥落，因此也就失去了重心，失去了向往，失去了等级，失去了裁断，于是"山中无老虎，猴子称大王"。而且，猴子总比老虎活跃得多，热闹得多。也许老虎还在，却在一片猿啼声中躲在山洞里不敢出来，时间一长，自信渐失，虎威全无。

从这个意义上说，中国书法的灵魂史，在唐代已可终结。以后会有一些余绪，也可能风行一时，但在整体气象上与唐代之前已经不可同日而语了。

戏中极品——昆曲之美

> 人类戏剧史上的任何一个奇迹，表面上全然出于艺人，其实应更多地归功于观众。如果没有波涌浪卷的观众集合，那么，再好的艺术家也只能是寂寞的岸边怪石，形不成浩荡的景观。

对于中国戏剧，我最愿意讲解的是元杂剧。原因是，这座峭然耸立的高峰实在太巍峨、太险峻了，永远看不厌、谈不完。但是，我在这篇文章中必须刻意违避，因为我今天的目标是昆曲。元杂剧只是导向昆曲的辉煌过道，只能硬着心肠穿过它，不看，不想，不说。等到要说昆曲，它的路也已大致走完了。

像人一样，一种艺术的结束状态决定它的高下尊卑。元杂剧的结束状态是值得尊敬的，我在《中国文脉》一书中曾经充满感情地描述过它"轰然倒地的壮美声响"。其实，它在繁荣几十年后坦然地当众枯萎，有几方面的原因。譬如，传播地域扩大后的水土不服；随着时间推移，社会激情和艺术激情的重大消褪；作为一个"爆发式"艺术在耗尽精力后的整体老化，等等。

再重要的艺术，也无法抵拒生命的起承转合。不死的生命不叫生命，不枯的花草不是花草。中国戏剧可以晚来一千多年，一旦来了却也明白生命的规则。该勃发时勃发，该慈祥时慈祥，该苍老时苍老，该谢世时谢世。这反而证明，真的活过了。

元杂剧所展现的这种短暂而壮丽的生命哲学，被我称之为"达观艺术生态学"。我为什么对此感触良深？因为在现实生活中看到了太多早该结束生命却还长久赖着不走的戏剧群落。老是在亢奋回忆，老是在夸张往昔，老是在呼吁振兴，老是在自称经典，老是在玩耍改革，老是在寻找寄寓，老是在期待输血……

其实，哪怕是呼吁"振兴唐诗、宋词"，也是荒唐可笑的。

这种试图脱离正常生命轨道的艺术群落，很容易让部分不懂文化大道的民众和官员上当，结果呼吁越来越响，输血越来越多，危机越来越重。大家不妨设想一下，如果一座城市满街都是挂着氧气罐、输液瓶的耄耋病人，这座城市的文化景观难道就"厚重"了吗？

民众的"文化心理空间"历来不大，应该让给新时代的创造者和参与者。在这个意义上说，"达观艺术生态学"，也体现了一种面向未来的文化道德。

正是元杂剧的"达观"，才有昆曲的兴盛。

元杂剧可以有一千个理由看不起昆曲。但它，还是拂袖躬身，通脱让位了。

年轻的昆曲虽然独具风光，志满意得，但毕竟未忘元杂剧的滋育辈分。正犹豫是否要回头照顾，却看到了身后老者飘然离开的身影。老者走得那么干净爽利，直到今天，我们甚至还不知道元杂剧在唱腔和表演上的具体情况。它不想以自己的身份给后继者带来任何纠缠和麻烦。

好，那就让我们依依不舍地转过头去，看看新兴的昆曲吧。

昆曲属于"传奇"系统，它的血缘，产生得比元杂剧还早一些。很长时间内统称南戏，产生地较多地集中在我家乡浙江，主要在温州、黄岩、嘉兴、余姚、慈溪一带。

历史上很多学者都以为，这种传奇是从元杂剧脱胎而来的，而不知道它自有南方基因。我觉得吕天成的《曲品》、沈德符的《顾曲杂言》、王骥德的《曲律》、沈宠绥的《度曲须知》在这个问题上都搞错了，日本学者青木正儿也跟着他们错。比较可以相信的，倒是祝允明、徐渭、何良俊、叶子奇等人的论述。对此，我在《中国戏剧史》第五章第二节的一个注释中专门做了说明。

传奇中出了一些不错的剧目，例如《荆钗记》《白兔记》《拜月亭》《杀狗记》《琵琶记》，但它们似乎都在为一个重大的变动做铺垫。

中国戏剧史终于产生了一个新的里程碑，是昆腔的改革。

是的，新的里程碑不是剧本，不是题材，不是人物，而是唱腔。在中国传统戏剧中，戏曲音乐、演唱方式、唱腔曲调，起着至关重要的作用，因此也是改革的关键。

中国戏剧史的研究者，多是文人，他们的着力点，往往是剧本，以及时代背景、意识形态之类。其实，决定一个剧种的存废兴衰的，主要是它的音乐，特别是唱腔曲调。这在当代艺术中最能说明问题，一种歌曲演唱为什么能风靡远近，疯狂民众，甚至把年轻的歌手奉为"天王""天后"？第一元素就是唱腔曲调，而不是唱词文本。现今各地的"戏曲改革"为什么几乎没有成果？原因是很多从业者把主要精力放在剧本、题材、导演、舞台美术上，而独独没有在唱腔曲调上有大作为。令人耳腻的唱腔曲调，即便是唱着最时髦、最重要的内容，又怎么能吸引观众？"一声即钩耳朵，四句席卷全城"，才是戏曲改革的必需情景。

那就说回去。当年传奇和杂剧的兴衰进退，其实也是"南曲""南音"与"北曲""北音"之间的较量。

伟大的元杂剧所裹卷的"北曲""北音"为什么日趋衰落？除了水土不服的地域性因素外，在整体上也开始被厌倦。越是伟大越容易被厌倦，原因是传播既强，倾听既多，仰望既久，自然碰撞到了观众审美心理的边界。审美心理的重大秘诀之一是必须"被调节"，不调节，再伟大的对象也会面对抱歉转移的眼神。于是，"南曲""南音"就此渐渐获得了新的生命机遇。

"南曲""南音"中，原有一些地方性声腔如弋阳腔、余姚腔、海盐腔、昆山腔等等。相比之下，昆山腔流传地区最小，但最为好听。怎么好听？徐渭在《南词叙录》中用了四个字：流丽悠远。

但是，民间流传的声腔再好听，要成就大事，还必须等待大音乐家的出现。

这个大音乐家，就是魏良辅。对于他的生平，我们知之甚少，连《辞海》中也没有记载他的生卒年份。从种种零星史料的互相参证中约略可知，他大概生于十六世纪初年，是一个高寿之人，活了八十多岁。他在六十岁左右已成为曲界领袖，昆腔改革的发轫者和代表者。

昆腔改革毕竟是一种戏曲改革，因此，还需要通过一个戏剧范例来集中检阅。

这个范例，首推梁辰鱼的《浣纱记》。

梁辰鱼完成《浣纱记》的创作，大概在一五六六年至一五七一年之间，那时他五十岁左右，而魏良辅已是古稀之年。魏良辅领导昆腔改革的成果，在这部戏里获得了充分的体现。甚至可以说，在这部戏里，人们看到了"完成状态"和"完整状态"的新昆腔。

唱腔一旦进入《浣纱记》这样的戏，要求就比一般的"清唱"全面得多了。除了在演唱上要更加小心翼翼地讲究出声、运气、行腔、收声、归韵的"吞吐之法"外，还要关注念白，这是一般的"清唱"所不需要的。

念白也要把持抑扬顿挫的音乐性，还要应顺剧本中角色的情境来设定语气。当然，更复杂的是做功，手、眼、身、步各自法度，即便最自如的演员也要"从心所欲不逾矩"，懂得在一系列程式中取得自由。

与此相关，服装和脸谱也得跟上，使观众立即能够辨识却又惊叹所有创新。种种角色分为五个行当，又叫"部色""家门"。在五个行当之下，再分二十来个"细家门"。

总之，舞台与观众之间，订立了一种完整的契约，并由此证明演出的完整性和成熟度。

这样的昆曲演出，收纳了元杂剧没有完全征服的一大片南方山河。南方山河中，原来看不起南曲、南音之俗的大批文人、学士，也看到了一种让他们身心熨帖的雅致，便一一侧耳静听，并撩起袍衫疾步走进。

南方的文人、学士多出显达之家，他们对昆曲的投入，具有极大的社会传染性。在文化活动荒寂的岁月，这种社会传染性也就自然掀起了规模可观的趋附热潮。而更重要的是，昆腔的音乐确实好听。

请设想一下当时民众的集体感觉吧。那么悦耳的音乐唱腔，从来没有听到过，却似乎又出自脚下的大地，众人的心底，一点儿也不隔阂，连自己也想张口哼唱；一哼唱又那么新鲜，收纵、顿挫、徐疾都出神入化，几乎时时都粘在喉间心间，时时都想一吐为快；更何况，如此演唱盛事，竟有那么多高雅之士在主持，那么多演唱高手在示范，如不投入，就成了落伍、离群、悖时、逆世。

因此，理所当然，昆腔火了，昆曲火了，而且大火特火，几乎燎烧了半个中国的审美莽原，燎烧了很久很久。

多久？居然，二百多年。

这二百多年，突破了中国文人的审美矜持，改写了中国人的集体风貌。中国文化，在咿咿呀呀中，进行了一种历史自嘲。

人类戏剧史上的任何一个奇迹，表面上全然出于艺人，其实应更多地归功于观众。如果没有波涌浪卷的观众集合，那么，再好的艺术家也只能是寂寞的岸边怪石，形不成浩荡的景观。据记载，当时杭州一个戏班的昆曲演出，曾出现过"万余人齐声呐喊"的场面，而苏州的某些昆曲演出，几乎到了"通国若狂"的地步。

祁彪佳，是朝廷御史，在明代崇祯年间曾巡按苏松。从他偶尔留下的一本日记中可以发现，当时很大一批京官，似乎永远在赴宴，有宴必看戏，成了一种生活礼仪。你看，此刻我正翻到一六三二年三个月的部分行踪记录，摘几段——

> 五月十一日，赴周家定招，观《双红》剧。
>
> 五月十二日，赴刘日都席，观《宫花》剧。
>
> 六月二十一日，赴田康侯席，观《紫钗》剧至夜分乃散。
>
> 六月二十七日，赴张潘之席，观《琵琶记》。
>
> 六月二十九日，同吴俭育作主，仅邀曹大来、沈宪中二客观《玉盒》剧。
>
> 七月初二，晚赴李金峨席，观《回文》剧。
>
> 七月初三，赴李佩南席，观《彩笺记》及《一文钱》剧。
>
> 七月十五日，晚，邀呦仲兄代作主，予随赴之，观《宝剑记》。

再翻下去，发觉八月份之后看戏看得更勤了，所记剧目也密密麻麻，很少重复。由于太多，我也就懒得抄下去了。

请注意，这是在北京，偌大一个官场，已经如此绵密地渗进了昆曲、昆腔的旋律，日日不可分离。这种情况，就连很爱看戏的古希腊、古罗马政坛，也完全望尘莫及了。

北京是如此，天津也差不多。自然更不必说本是昆曲重镇的苏州、扬州、南京、杭州、上海了。

其实，对当时的昆曲演出来说，官场只是一部分，更广泛的流行是在民间。这就需要有足够数量不同等级的戏班子可供选、调度了。从明代万历年间开始，中国南北社会的戏剧活动，已经繁荣到了今天难以想象的地步。这中间，包括戏剧信息的沟通、演出中介的串络、演出行规的制定、剧作唱腔的互惠、艺人流动的伦理……非常复杂。

　　粗粗说来，昆曲的戏班子分上、下两个等级。属于上等的戏班子大多活跃在城市，在同行中有一定名望，因此叫作"上班""名部"。我上面引用的日记中所反映的那些观剧活动，大多由这样的戏班子承担。有些巨商、地主、富豪之家在做寿、宴客、谢神时，也会请来这些戏班子。演出的地点，多数在家里，但也可能在别墅。

　　我曾读到过明代一些"严谨醇儒"的"家教"，他们坚决反对在家里演戏，甚至立了苛刻的"家法"，但又规定，如果长辈要看戏，可把戏班子请到别墅里去，或向朋友借一个别墅演戏。由此可见，长辈们虽然训导出了端方拘禁的儿孙，但自己年纪一大，倒是向着流行娱乐放松了身段，成了家庭里的"时尚先锋"。这对儿孙来说，又呈了另一部更重要的"家法"，因为"百善孝为先"。这情景，细想起来有点幽默。不过，这种进退维谷的家庭的比例，在当时也正快速缩小，渐渐所余无几。越来越多的家庭对看戏已经没有什么障碍了。于是，中国十六、十七世纪的社会意识形态，也就在昆腔、昆曲的悠扬声中发生了微妙的变化。

　　顺便，我们也知道了，当时这些城里的有钱人家在正式府邸之外建造"同城别墅"的原因。至少，是原因之一吧。

　　除了在家里或别墅里演出外，明代更普遍的是在"公共空间"演出。公共空间的演出，分固定和不固定两种。

　　公共空间的固定演出，较多地出现在庙会上。庙中有戏台，可称"庙台"。在节庆、拜神、祭典、赶集时到庙台看戏，长期以来一直是广大农村的主要文化生活。我们现在到各处农村考察，还能经常看到这类庙台遗址。

　　除了庙台，各种会馆中的戏台也是固定的。会馆有不同种类，有宗族会馆，也有在异地招待同乡行脚的商旅会馆。例如，我曾在其他著述中研究过的苏州三山会馆，那在万历年间就存在了。

　　比固定演出更丰富、更精彩的，是临时和半临时性的不固定演出。这种演出的舞台，是临时搭建的。虽为临时，也可以搭建得非常讲究。一般是，选一通衢平地，木板搭台，平顶布棚。更多地方是以席棚替代布棚，前台卷翻成一定角度，后台则是平顶。这种舞台很像后来在西方突破"第四堵墙"之后流行的"伸出型舞台"和"中心舞台"，观众从三面围着舞台看戏。

更有趣的是，其时风气初开，妇女家眷来到公共空间看戏，与礼教相违，但又忍不住想看，因此专门搭建了"女台"，男士不准进入。有的地方，"女台"就是指有座位的位置，其他位置不设座。不过这事毕竟有点勉强，在摩肩接踵的人群聚集地，因为性别，让丈夫与妻子分开看戏，让老母和孝子也硬行区割，反而不便。因此，女台越搭越少了。

最麻烦的是，城里一些重要的临时搭建舞台还要为很多技艺表演提供条件。例如张岱在《陶庵梦忆》里写到的"翻桌翻样、觔斗蜻蜓、蹬坛蹬臼、跳索跳圈、窜火窜剑"之类，都是高难度的特技。中国戏剧的演出，历来不拒绝穿插特技来调节气氛，因此搭建这种舞台很不容易，需要有一批最懂行的师傅与戏班子中的艺人细细切磋才成。

当然，如果在农村，临时搭建的舞台就可以很简单了。

我本人对明代的昆曲演出，最感兴趣的是江南水乡与船舫有关的几种演出活动。我认为，它们完全可以成为人类戏剧学的特例教材。

第一种，戏台搭在水边，甚至部分伸入水中，观众可以在岸上看，也可以在船上看。当时船楫是江南最重要的交通工具，船上看戏，来往方便，也可自如地安顿女眷，又可舒适地饮食坐卧。这情景，有点像现在西方的"露天汽车电影院"，但诗化风光则远胜百倍。

第二种，建造巨型楼船演戏，吸引无数小船前来观看。由于巨型楼船也在水中，一会儿可以辉映明月星云，一会儿可以随风浪摆动，一会儿又可以呈现真实的雨中景象。因此，在小船上看戏，称得上是一种"天人合一"的至高享受。

第三种，也是在船上看戏，但规模不大，非常自由。戏船周围是一些可供雇用的小船，观众主要在岸上看戏。有趣的是，如果演得不好，岸上的观众可以向戏船投掷东西来表达不满，于是一船退去，另一船又上来。岸上观众投掷东西时，围在戏船边的小船也可能遭到牵累。这是由观众强力介入演出的动态景象，我想不起在世界其他地方的戏剧活动中出现过。

与历史上其他剧种更不同的是，昆曲还有一个庞大的清唱背景。

在很长时间内，社会各阶层的不同人群，大批大批地陷入了昆曲清唱的痴迷，而且痴迷得不可思议。这种全民性的流行，与昆曲演出内外呼应，表里互济，构成一种宏大的文化现象，让昆曲更繁荣、更普及了。

清唱不算戏剧演出，任何人不分年龄、不分职业、不分贫富都能随时参与。令人惊讶的是，这种本来很散落的个人化活动，居然在苏州自发地聚合成一种全国性大赛，一种全民性会演，到场民众极多，展现规模极大，延续时间极长，那就是名声赫赫的"虎丘山中秋曲会"。

虎丘山中秋曲会是人类音乐史上的奇迹，也显现了昆曲艺术有着何等强大的社会文化背景。

袁宏道是这样记述的——

每至是日，倾城阖户，连臂而至。衣冠士女，下迨蔀屋，莫不靓妆丽服，重茵累席，置酒交衢间。从千人石上至山门，栉比如鳞。檀板丘积，樽罍云泻……

布席之初，唱者千百，声若聚蚊，不可辨识。分曹部署，竞以歌喉相斗。雅俗既陈，妍媸自别。未几而摇头顿足者，得数十人而已。

已而明月浮空，石光如练，一切瓦釜，寂然停声，属而和者，才三四辈。一箫一寸管，一人缓板而歌，竹肉相发，清声亮彻，听者魂销。

比至夜深……则箫板亦不复用，一夫登场，四座屏息。音若细发，响彻云际，每度一字，几尽一刻，飞鸟为之徘徊，壮士听而下泪矣。

张岱是这样记述的——

虎丘八月半，土著流寓、士夫眷属、女乐声伎、曲中名妓戏婆、民间少妇好女、崽子娈童及游冶恶少、清客帮闲、傒僮走空之辈，无不鳞集……

天暝月上，鼓吹百十处，大吹大擂。十番铙钹，渔阳掺挝，动地翻天，雷轰鼎沸，呼叫不闻。更定，鼓铙渐歇，丝管繁兴，杂以歌唱，皆"锦帆开"、"澄湖万顷"同场大曲。蹲踏和锣，丝竹肉声，不辨拍煞。

更深，人渐散去，士夫眷属皆下船水嬉。席席征歌，人人献技，南北杂之，管弦迭奏，听者方辨句字，藻鉴随之。

二鼓人静，悉屏管弦。洞箫一缕，哀涩清绵，与肉相引。尚存三四，迭更为之。

三鼓，月孤气肃，人皆寂阒，不杂蚊虻。一夫登场，高坐石上。不箫不拍，声出如丝，裂石穿云。串度抑扬，一字一刻，听者寻入针芥，心血为枯，不敢击节，惟有点头。然此时，雁比而坐者，犹存百十人焉。使非苏州，焉讨识者。

这两段记述，有不少差别，张岱写得更完整一点。两者也有某些共同点值得我们注意。例如：

一、曲会是一项全民参与的盛大活动，苏州的各色市民，几乎倾城而出，连妇女也精心打扮，前来参与。

二、曲会开始时，乐器品类繁多，到场民众齐声合唱昆曲名段，一片热闹，很难分辨。

三、齐声合唱渐渐变成了"歌喉相斗"，一批批歌手比赛，在场民众决定胜负。时间一长，比赛者的范围越缩越小，而伴奏乐器也早已从鼓铙替换成丝管。

四、夜深，民众渐渐回家，而比赛者也已减少成三四人，最后变成了"一人缓板而歌"。虽是一人，却"清音亮彻"，"裂石穿云"。这人，应是今年的"曲王"。

这种活动的最大魅力，在于一夜的全城狂欢，沉淀为一年的记忆的话题。无数业余清唱者的天天哼唱，夜夜学习，不断比较，有了对明年曲会的企盼。这一来，多数民众都成了昆曲的"票友"，而且年年温习，年年加固，年年提升。

因此，我认为，虎丘山中秋曲会是每天都在修筑的水渠，它守护住了一潭充沛的活水。而作为戏剧形态的昆曲，则是水中的鱼。

我们现在很多戏曲剧种为什么再也折腾不出光景来了？原因是，让鱼泳翔的大水池没有了。为了安慰，临时喷点水，洒点水，画点水，都没用。

昆曲在明代，除了在虎丘山中秋曲会上集合了成千上万的宽义"票友"

外，还有一批高水准的严义"票友"。这种"票友"，当时称作"串客"。一听这个称呼就可明白，他们是经常上台参加专业演出的。

昆曲在明代的热闹劲头，除了虎丘山中秋曲会和一大批"串客"外，更集中地体现在家庭戏班的广泛滋长。

家庭戏班，由私家置办，为私家演出。这种团体，这种体制，在世界各国戏剧史上都非常罕见。

中国古代，秦汉甚至更早，诸侯门阀常有"家乐侑酒"。唐宋至元，士大夫之家也会有"女乐声伎"。到了明代嘉靖之后，工商业城镇发展很快，社会经济获得大步推进，权贵利益集团出现爆发形态，官场的贪污之风，也越来越烈。在权贵利益集团之间，有没有"家乐班子"，成了互相之间炫耀、攀比的一个标准。

与秦汉至唐宋不同的是，古代的"家乐"以歌舞为主，而到明代，尤其在万历之后，昆曲成了时髦，也就成了家庭戏班的主业。

每一个家庭戏班，大概有伶人十二人左右。无论是角色分配，还是舞蹈队伍，都以十二人为宜，少了不够，多了不必，后来也成了约定俗成的规矩。直到清代，《扬州画舫录》仍然有记：

> 副末以下，老生、正生、老外、大面、二面、三面七人谓之男脚色；老旦、正旦、小旦、贴旦四人，谓之女脚色；打诨一人，谓之杂。此江湖十二脚色。

（李斗《扬州画舫录》卷五）

当然，也有的家庭戏班由于经济原因或剧目原因，不足十二人。七人、八人、九人，都有。

家庭戏班主要演折子戏。昆曲所依赖的剧本传奇，都很冗长、松散、拖拉，如果演全本，要连着演几昼夜，不仅花费的精力、财力太大，而且在家宅的日常起居之间，谁也不会耐着性子全都一出出看完。如果请来亲朋好友观赏，几昼夜的招待又使主客双方非常不便。因此，挑几出全家喜欢的折子戏，进行精选型、集约型的演出，才是家庭戏班的常例。当然，如果演的是家班主人自己写的剧本，那很可能是全本，带有"发表""发布"的性质。

请来的客人，也只能硬着头皮看到底了。

拥有家庭戏班的宅第，往往也同时拥有私家园林。演出的场所，大多在主人家的厅堂。厅堂上铺上红地毯，也叫"红氍毹"，就是演出区。"氍毹"两字，读音近似"曲舒"，是明代以后对于演出舞台的文雅说法，我们经常可以从诗句中看到。

家庭戏班的演员，年纪都很小，往往只有十二三岁。因此，他们并不是在外面学好了戏才被召到戏班，大多是招来后再学戏的。戏班，实际上也是一个小小的学校。学校需要教师，称为"教习"。这些"教习"，不管男女，主要是一些有经验的年长艺人，有的在当时还很著名。

把戏班演出和戏剧教学一起衍伸到家庭之中，并且形成长久的风气，这个现象，构成了一种贵族化、门庭化的文化奇迹，奢侈得令人惊叹。今人胡忌、刘致中先生曾经收集过不少家庭戏班的资料，多数戏剧史家可能认为过于琐碎，极少提及。我却觉得颇为重要，能让今天的读者更加感性地了解那个由无数家门丝竹组成的戏剧时代。同时，也可从中了解那个时代中一大批权贵、退职官僚和士大夫们的生活形态。

请读者原谅我迟迟不说昆曲的剧本创作，一直拖到现在。其实，我二十几年前在海内外发表的那个有关昆曲的演讲中，倒是花了不少口舌讲昆曲文学剧本的美学格局。

记得我当时着重讲了昆曲在文学剧本上不同于西方戏剧的一些特征，来证明它的东方美学格局的标本。例如——

一、昆曲在意境上的高度诗化。不仅要求作者具有诗人气息，而且连男女主角也需要具有诗人气质，唱的都是诗句，成为一种"东方剧诗"。

二、昆曲在结构上的松散连缀。连绵延伸成一个"长廊结构"，而又可以随意拆卸、自由组装，结果以"折子戏"的方式广泛流传。

三、昆曲在呈现上的游戏性质。不苛求幻觉幻境而与实际生活驳杂交融，因此可以参与各种家族仪式、宴请仪式、节庆仪式、宗教仪式。

我是在完整研究了世界戏剧学之后找出昆曲的这些特征的，因此并非偶得之见，至今未曾放弃。但是今天我不想在这里多说昆曲的剧本创作了。原因之一是，剧本创作是我的《中国戏剧史》的主要阐述内容，那书不难找到，这儿就不必重复了。更重要的原因，我是想通过调整重心，来表达一种更现代、更深刻的戏剧史观。

这种戏剧史观认为：无论哪个时代，哪个社会，整体的戏剧生态，远比具体的戏剧作品更值得研究；观众的审美方式，远比作家的案头写作更值得研究。由于这种戏剧史观在中国学术界还比较生疏，我不得不用故意的侧重要进行强调。

从前面我对昆曲超常生态的描述就可以推断，当时的剧本创作一定非常繁荣。确实，要把明、清两代比较著名的昆曲作家列出来，是一件难事。名单很长，资料庞杂，如一一介绍，哪怕寥寥几句，加在一起，也会延绵无际。

辉煌的元杂剧并没有产生过相应的理论家。太大的辉煌必然是一个极为紧张的创造过程，没有空隙容得下说三道四、指手画脚。当理论家出现的时候，那种爆发性的辉煌也已过去了。

昆曲不像元杂剧那样具有石破天惊的爆发性，又由于广泛流行，也就不可能留存太多真正天赋神授般的精彩，于是理论家就一个个现身了。严格来说，中国古代戏剧史上的主要理论家，绝大多数都是昆曲理论家。但是，这些理论家如果自己写戏，基本不妙。《曲品》的作者吕天成、《曲律》的作者王骥德，都是如此。

清代的李渔，大家都知道。他的《闲情偶寄》，可以看作是中国古代最著名的戏剧理论，也是在讲昆曲。他是一个繁忙的戏剧活动家，也有自己的职业戏班，走南闯北，因此他的理论有充分的经验支撑，既实用又全备。但是，他的那些戏，还是写得平庸，并不出色。再回头看他的理论，也是重"术"轻"道"，在戏剧观上缺少宏观、整体的论述。

对此，我们不能不佩服汤显祖了。他不仅戏写得最好，而且在戏剧观上与沈璟的偏颇之见划出了明确界限，终被时间首肯。更难能可贵的是，他还从一个宏观的视角表述了自己的戏剧观，显得健全而深刻。

我指的是他写的《宜黄县戏神清源师庙记》。

这是一篇用诗化语言写出的戏剧礼赞。汤显祖告诉人们，戏剧是什么——

极人物之万途，攒古今之千变。一勾栏之上，几色目之中，无不纤徐焕眩，顿挫徘徊。恍然如见千秋之人，发梦中之事。使天下之人无故而喜，无故而悲。或语或嘿，或鼓或疲，或端冕而听，或侧牟而咳，或窥观而笑，或市涌而排。乃至贵倨驰傲，贪啬争施。瞽者欲玩，聋者欲听，哑者欲叹，跛者欲起。无情者可使有情，无声者可使有声。寂者可喧，喧可使寂，饥可使饱，醉可使醒，行可以留，卧可以兴。鄙者欲艳，顽者欲灵……

汤显祖这段话的学术等级，远远高于中国古代一般的戏剧理论。因为在这里，罕见地触及了戏剧如何拓宽和改变人类生命结构的问题。

戏剧能让观众"见千秋之人，发梦中之事"，即把生命带出现实生活，进入异态时空，进入精神领域。这种带出，让生命进入一种摆脱现实理由的"无故"状态，即所谓"无故而喜""无故而悲"。其结果，却是改变观众的精神偏狭，即所谓"贵倨驰傲，贪啬争施"、"无情者可使有情，无声者可使有声"。

在汤显祖看来，演剧之功，在于让人在幻觉中快乐变异，并在变异中走出障碍。其立论之高，令人仰望。

一种过度的文化流行，一定会背离汤显祖他们划出的等级，成为沉重的社会负担。

后代学人经常会片面地激赞远去的文化现象，鲁莽地把那些文化现象所承受过的衰败、伤痕、羞辱抹去。其实这种做法是不对的，只能使九天之上的文化祖先们在一连串"美丽的起哄"中老泪纵横。

须知，在过度的流行中，真正的艺术不可能不寂寞。越流行，越寂寞。我前面抄写了部分昆曲作家的名字，显现了当时的笔墨之盛。那么多人写了那么多戏，好东西一定很多吧？事实与很多学人的想象完全不同：好东西很少。创作思想被流行浪潮严重磨损，即使有才华的人，也都在东张西望、察言观色，结果，大量的作品越来越走向公式化、老套化、规制化。

这种现象，古今中外皆然。例如，我身边有不少学生和朋友突然成了闻名全国的"流行歌手""流行笑星""流行主持"，那就很难再保持密切交往了。因为在这种情况下，我交往的已不是真正的学生和朋友，而是被"流行"的力量重塑了的公众形象，他们见了我，很想洗去这种形象又很难洗去，彼此都累。

公众一旦集合，最容易形成粗糙的公式。因此，多数流行都会走向因袭和拼凑，令人头疼。

不要说汤显祖这样的创新者越来越受不了，就连比较平庸的李渔，也在不断抱怨剧坛的因袭、拼凑之风。他在《闲情偶寄》中说：

> 吾观近日之新剧，非新剧也。皆老僧碎补之衲衣，医士合成之汤药。即众剧之所有，彼割一段，此割一段，合而成之，即是一种传奇。

李渔还说，他看了那么多年的戏，只听到过不熟悉的姓名，没见到过不熟悉的剧情。

对于昆曲剧本的公式化、老套化，戏剧家吴梅揭露得最为有趣。他说，那么多戏，竟然都逃不出一大堆"必"：

> 生必贫困，女必贤淑，先订朱陈，而女家毁盟。当其时，必有一富豪公子，见色垂涎，设计杀生。女父母转许公子，而生卒得他人之救，应试及第，奉旨完婚，置公子于法，然后当场团圆。十部传奇，五六如此！
>
> （《词余讲义》）

请注意吴梅所统计的比例：所有的昆曲剧本中，十分之五，甚至十分之六，都是这么一个老套，这实在是有点恐怖了。

长久地痴迷一种老套，对于普通观众而言，是出于一种浅薄而又惰性的从众心理，迟早会厌倦和转移，但对文人和官员来说就不一样了。他们在社会大变动中产生了种种不安全感，其中最让他们焦躁的是文化上的不安全感，因此要用一种故意的陈旧和重复来筑造一道心理慰抚之墙。

不管在什么时代，一些官僚和文人沉溺老腔、老调了，基本都是这个原因，尽管他们自己总有高雅的借口。

昆曲的悠扬曲调，因而一再在兵荒马乱中起到这种作用。责任不在它本身，尽管它由此而被冤枉地看作是"世纪末的颓唐之音"。

到了清代，强化吏治，禁止官僚置备家庭戏班，雍正、乾隆都下过严令。被允许的，只是职业戏班。这一来，昆曲的强势就消弛了。

由此，昆曲也就发现了自己以前的生命力迷局。原来，当初虎丘山中秋曲会的清唱，职业戏剧的风靡，早已是远年记忆。后来乘势涌现的大量昆曲剧本，都局囿在官僚士大夫的狭隘兴致中，与社会民众隔了一道厚墙。因此，当官僚阶层的家庭戏班一禁止，也就在整体上失去了生存的基石。

清朝初期苏州地区出现的一大批文人创作，更进一步从反面证明了这个残酷的事实。

这一来，社会民众所喜爱的"花部"，即众多声腔的地方剧种，也就有了足以与昆腔"雅部"抗衡的底气。尽管，它们还要经历多方面的锻铸和修炼。

犹如回光返照，在康熙年间出现了两部真正堪称杰作的昆曲剧本：洪昇完成于一六八七年的《长生殿》，孔尚任完成于一六九九年的《桃花扇》。这两部戏，也属于士大夫文化范畴，也都由于不明不白的原因受到朝廷的非难。

在这之后，昆曲不再有大的作为，只是悲壮地在声腔、表演上延续往昔了。

"花部"和"雅部"的互渗和竞争，最后的结果是昆曲的败落，这是大家都知道的了。

纯粹的生态文化
——品鉴普洱茶

> 普洱茶丰富、复杂、自成学问的程度，在世界上，只有法国的红酒可以相比。

很多人初喝普洱茶，总有一点障碍。

障碍来自对比。最强大的对比者，是绿茶。

一杯上好的绿茶，能把漫山遍野的浩荡清香，递送到唇齿之间。茶叶仍然保持着绿色，挺拔舒展地在开水中浮沉悠游，看着就已经满眼舒服。凑嘴喝上一口，有一点草本的微涩，更多的却是一种只属于今年春天的芬芳，新鲜得可以让你听到山岙白云间燕雀的鸣叫。

我的家乡出产上品的龙井，马兰的家乡出产更好的猴魁，因此我们深知绿茶的魔力。后来喝到乌龙茶里的"铁观音"和岩茶"大红袍"，就觉得绿茶虽好，却显得过于轻盈，刚咂出味来便淡然远去，很快连影儿也找不到了。

乌龙茶就深厚得多，虽然没有绿茶的鲜活清芬，却把香气藏在里边，让喝的人年岁陡长。相比之下，"铁观音"浓郁清奇，"大红袍"饱满沉着，我们更喜欢后者。与它们生长得不远的红茶"金骏眉"，也展现出一种很高的格调，平日喝得不少。

正这么品评着呢，猛然遇到了普洱茶。一看样子就不对，一团黑乎乎的"粗枝大叶"，横七竖八地压成了一个饼型，放到鼻子底下闻一闻，也没有明显的清香。抠下来一撮泡在开水里，有浅棕色漾出，喝一口，却有一种陈旧的味道。

人们对食物，已经习惯于挑选新鲜，因此对陈旧的味道往往会产生一种本能的防范。更何况，市面上确实有一些制作低劣、存放不良的普洱茶带着近似"霉锅盖"的气息，让试图深入的茶客扭身而走。

但是，扭身而走的茶客又停步犹豫了，因为他们知道，世间有不少热爱普洱茶的人，生活品质很高。难道，他们都在盲目地热爱"霉锅盖"？而且，这些人各有自己的专业成就，不存在"炒作"和"忽悠"普洱茶的动机。于是，扭身而走的茶客开始怀疑自己，重新回头，试着找一些懂行的人，跟着喝一些正经的普洱茶。

这一回头，性命交关。如果他们还具备着拓展自身饮食习惯的生理弹性，如果他们还保留着发现至高口舌感觉的生命惊喜，那么，事态就会变得比较严重。这些一度犹豫的茶客很快就喝上了，再也放不下。

这是怎么回事？

首先，是功效。

几乎所有的茶客都有这样的经验：几杯上等的普洱茶入口，口感还说不明白呢，后背脊已经微微出汗了。随即腹中蠕动，胸间通畅，舌下生津。我在上文曾以"轻盈"二字来形容绿茶，而对普洱茶而言，则以自己不轻盈的外貌，换得了茶客身体的"轻盈"。

这可了不得。想当年，清代帝王们跨下马背过起宫廷生活，最大的负担便是越来越肥硕的身体。因此，当他们不经意地一喝普洱茶，便欣喜莫名。

雍正时期，普洱茶已经有不少数量进贡朝廷。乾隆皇帝喝了这种让自己轻松的棕色茎叶，就到《茶经》中查找，没查明白，便嘲笑陆羽也"拙"了。据说他为此还写了诗："点成一碗金茎露，品泉陆羽应惭拙。"他的诗向来写得不好，不值得我去认真考证，但如果真用"金茎露"来指称普洱茶，勉强还算说得过去。

《红楼梦》里倒是确实写到，哪天什么人吃多了，就有人劝"该焖些普洱茶喝"。宫廷回忆录里也提到："敬茶的先敬上一盏普洱茶，因为它又暖又能解油腻。"由京城想到茶马古道，那一条条从普洱府出发的长路，大多通向肉食很多、蔬菜很少的高寒地区。那里本该发生较多消化系统和心血管系统的疾病而实际情况并非如此，人们终于从马帮驮送的茶饼、茶砖上找到了原因。

我们现在还能找到一些相关的文字记述,例如:"普洱茶味苦性刻,解油腻、牛羊毒";"茶之为物,西戎、吐蕃古今皆仰食之,以腥肉之食,非茶不消";"一日无茶则滞,三日无茶则病"……

当今中国,食物充裕,油腻过剩,越来越多的人遇到了清王室和高原山民同样的问题。而且,现代科学检测手段已经证明,普洱茶确实具有降低血糖和血脂的明显功效。因此,它的风行,理由成立。

不仅如此,普洱茶还有一个优点,那就是喝了不影响睡眠。即使在夜间喝了,也能倒头酣睡。这个好处,在各种茶品里几乎绝无仅有,实在是解除了世间饮茶人的千年忧虑。

试想,在大批繁忙的人群中,要想舒舒服服地摆开阵势喝茶,总在夜间。其他茶,一到夜间总是很难被畅饮,因此,普洱茶就在夜色之中成了霸主。谁想夺霸,只在白天叫叫罢了,一到夜幕降临,就不再吱声。

其次,是口味。

如果普洱茶的好处仅仅是让身体轻盈健康,那它也就成了保健食品了。但它最吸引茶客的地方,还是口感。要写普洱茶的口感很难,一般所说的樟香、兰香、荷香等等,只是一种比拟,而且是借着嗅觉来比拟味觉。

世上那几种最基本的味觉类型,与普洱茶都对不上。即使在茶的天地里,那一些由绿茶、乌龙茶、红茶、花茶系列所体现出来的味觉公认,与普洱茶也不对路。

人是被严重"类型化"了的动物,离开了类型就不知如何来安顿自己的感觉了。经常看到一些文人以"好茶至淡""真茶无味"等句子来描写普洱茶,其实是把感觉的失落当作了哲理,有点误人。不管怎么说,普洱茶绝非"至淡""无味",它是有"大味"的。如果一定要用中国文字来表述,比较合适的是两个词:陈酽、暖润。

普洱茶在陈酽、暖润的基调下变幻无穷,而且,每种重要的变换都会进入茶客的感觉记忆,慢慢聚集成一个安静的"心理仓贮"。

在这个"心理仓贮"中,普洱茶的各种口味都获得了安排,但仍然不能准确描述,只能用比喻和联想稍加定位。我曾做过一个文学性的实验,看看能用什么样的比喻和联想,把自己心中不同普洱茶的口味勉强道出。

于是有了:

这一种,是秋天落叶被太阳晒了半个月之后躺在香茅丛边的干爽呼吸,而一阵轻风又从土墙边的果园吹来。

那一种,是三分甘草、三分沉香、二分当归、二分冬枣用文火熬了半个时辰后在一箭之遥处闻到的药香。闻到的人,正在磬钹声中轻轻诵经。

这一种,是寒山小屋被炉火连续熏烤了好几个冬季后木窗木壁散发出来的松香气息。木壁上挂着弓箭马鞍,充满着草野霸气。

那一种,不是气息了,是一位慈目老者的纯净笑容和难懂语言,虽然不知意思却让你身心安顿,滤净尘嚣,不再漂泊。

这一种,是两位素颜淑女静静地打开了一座整洁的檀木厅堂,而廊外的灿烂银杏正开始由黄变褐。

……

这些比喻和联想是那样的"无厘头",但是,凡有一点文学感觉的老茶客听了都会点头微笑。只要遇到近似的信号,各种口味便能从茶客们的"心理仓贮"中立即被检索出来,完成对接。

第三,是深度。

普洱茶的"心理仓贮",空间幽深、曲巷繁密、风味精微。这一来,也就有了徜徉、探寻的余地,有了千言万语的对象,有了玩得下去的可能。

相比之下,世上很多美食佳饮,虽然不错,但是品种比较单一,缺少伸发空间,吃吃可以,却无法玩出大世面。那就抱歉了,无法玩出大世面就成不了一种像模像样的文化。以我看来,普洱茶丰富、复杂、自成学问的程度,在世界上,只有法国的红酒可以相比。

你看,在最大分类上,普洱茶有"号级茶""印级茶""七子饼"等等代际区分,有老茶、熟茶、生茶等等制作贮存区分,有大叶种、古树茶、台地茶等等原料区分,又有易武山、景迈山、南糯山等等产地区分。其中,即使仅仅取出"号级茶"来,里边又隐藏着一大批茶号和品牌。哪怕是同一个茶号里的同一种品牌,也还包含着很多重大差别,谁也无法一言道尽。

在我的交往中,最早筚路蓝缕地试着用文字写出这些区别的,是台湾的邓时海先生;最早拿出真实茶品让我从感性上懂得一款款上品老茶的,是菲律宾的何作如先生;最早以自己几十年的普洱茶贸易经验传授各种分辨诀窍的,是香港的白水清先生。我与他们,一起不知道喝过了多少茶。

年年月月茶桌边的轻声品评,让大家一次次感叹杯壶间的天地实在是无比深远。

其实,连冲泡也大有文章。有一次在上海张奇明先生的大可堂,被我戏称为"北方第一泡"的唐山王家平先生、"南方第一泡"的中山苏荣新先生和其他几位杰出茶艺师一起泡着同一款茶,一盅盅端到另一个房间,我一喝便知是谁泡的。茶量、水量、速度、热度、节奏组成了一种韵律,上口便知其人。

这么复杂的差别,与一个个朋友的生命形态连在一起,与躲在后面的大山、茶号、高师、岁月连在一起,与千里之隔又分毫不差的茶香、茶语连在一起,构成一种特殊的"生态语法"。进得里边,处处可以心照不宣,不言而喻,见壶即坐,相见恨晚。这样的天地,当然就有了一种让人舍不得离开的人文深度。

——以上这三个方面,大体概括了普洱茶那么吸引人的原因。但是,要真正说清楚普洱茶,不能仅仅停留在感觉范畴。普洱茶的"核心机密",应该在人们的感觉之外。

普洱茶的"核心机密"是什么?这个问题不能由过于痴迷的茶客来回答。这正如,只要是"戏迷",就一定说不清楚所迷剧种存在的根本意义。能够把事情看得比较明白的,大多是保持距离的客观目光。

在我认识的范围内,往往越是年轻的研究者反而越能说得比较清楚。例如,一九七四年才出生的普洱茶专家太俊林先生,在这方面就远胜年迈的老茶客。距离也不是问题,两位离云南普洱很远的东北科学家,盛军先生和陈杰先生,对普洱茶所做的研究就令人钦佩。

因此,我希望茶客们也能听听有关普洱茶研究的当代科学话语。即便遇到一些不熟悉的概念,也请暂时搁下杯壶,硬着头皮听下去。

我们不妨从发酵说起。

何谓发酵?简单说来,那是人类利用微生物来改变和提升食物细胞的质地,使之产生独特风味的过程。平日我们老在暗中惦念的那些食物,大多与发酵有关,例如各种美酒、酸奶、干酪、豆腐乳、泡菜、纳豆、酱油、醋,等等。即便是粮食,发酵过的馒头、面包也比没有发酵过的面粉制品更香软、更营养。在医学上,要生产维生素、氨基酸、胰岛素、抗生素、疫苗、激素等等，也离不开发酵过程。

可见，如果没有发酵，人类的生活将会多么简陋、寡味，我们的口味将会多么单调、可怜。

发酵的主角，是微生物。

一说微生物，题目就大了。科学家告诉我们，人类在地球上出现才几百万年，而微生物已存在三十五亿年。世界上的生命，除了动物、植物这"两域"外，"第三域"就是微生物，由此建立了"生命三域"的学说。这些无限微小又无限繁密、无比长寿又无比神秘的"小东西"，我们至今仍然了解得很少，却已经逼得当代各国科学家建立了包括基因工程、细胞工程、酶工程等等分支组成的生物工程学来研究。尽管研究还刚开始，奇迹已叹为观止。听说连开采石油这样的重力活儿，迟早也可以让微生物来完成。真不知道再过多少年，这些"小东西"会把世界变成什么样。

这就可以说到普洱茶了。它就是由两批微生物菌群先后侍候的结果。

第一批微生物菌群长期活跃在云南的茶山里，一直侍候着大叶种古茶树，使它们能够保存并增加多酚类化合物，如茶多酚、茶碱、儿茶素等等，再加上氧化酶，为普洱茶的制作提供了良好的原料；

第二批微生物菌群就不一样了，集结在制作过程中。它们趁着采摘后的"晒青毛茶"在湿热条件下"氧化红变"，便纷纷哄然而起，附着于茶叶之上。经由茶叶的低温杀青、轻力揉捻、日光干燥，渐渐成为今后长期发酵的主人。它们一步步推进发酵过程，不断地滋生、呼吸、放热、吞食、转化、释放，终于成就了普洱茶。

说到这里，我们可以凭着发酵方式的不同，来具体划分普洱茶与其他茶种的基本区别了。

绿茶在制作时需要把鲜叶放在铁锅中连续翻炒杀青，达到提香、定型、保绿的效果，为此必须用高温剥夺微生物活性，阻止茶多酚氧化，因而也就不存在发酵。

乌龙茶就不一样了，制作时先鼓励生物酶的活性，也就是用轻度发酵提升香气和口味后，随即用高温炒青烘干，让发酵停止。

红茶则把发酵的程度大大往前推进了一步，比较充分地待香待色，然后同样用高温快速阻止发酵。

必须说明的是，红茶、乌龙茶虽然也有发酵过程，却因为不以微生物菌群的参与为主，实际上是一种"氧化红变"，与普洱茶的"发酵"属于不同的类型。

普洱茶的发酵，在长年累月之间，无声无息地让茶品天天升级。微生物菌群裂解着细胞壁，分解着有机物，分泌着氨基酸，激活着生物酶，合成着茶氨酸……结果，所产生的茶多酚、茶色素、泛酸、胱氨酸、生物酶，以及汀类物质、果胶物质等等，不仅大大增进了健康功能，而且还天天提升着口味等级。即便是上了年纪的老茶品，也会在微生物菌群的辛勤劳作下，成为永久的半成品、不息的变动者、活着的生命体。

发酵沉淀时间。发酵过程可以延续十几年、几十年，便使茶品越来越具有时间深度，形成了一个似乎是从今天走回古典的"陈化"历程。这一历程的彼岸，便是渐入化境，妙不可言，让一切青涩之辈只能远远仰望，歆慕不已。

普洱茶对时间的长久依赖，也给茶客们带来一种巨大的方便，那就是不怕"超期贮存"。有好茶，放着吧，十年后喝都行，不必担心"不新鲜"。这也是它能制伏其他茶品的一个撒手锏，因为其他茶品只能在"保质期"内动弹。

我见过那种每个茶包上都标着不同年代的普洱茶仓库，年代越久越在里边享受尊荣。这让我联想到在欧洲很多国家地底下秘藏着的陈年酒窖，从容得可以完全不理地面上的兵荒马乱、改朝换代。我的《行者无疆》这本书里有一篇题为《醉意秘藏》的文章，记述了这种傲视时间的生态秘仪。这种生态秘仪，是我特别重视的"生态文化"的崇高殿堂。

这里，还出现了一个美学上的有趣对比。

按照正常的审美标准，漂亮的还是绿茶、乌龙茶、红茶，不仅色、香、味都显而易见，而且从制作到包装的每一个环节都可以打理得美轮美奂。而普洱茶就像很多发酵产品，既然离不开微生物菌群，就很难"坚壁清野"、整洁亮丽。

从原始森林出发的每一步，它都离不开草叶纷乱、林木杂陈、虫飞禽行、踏泥扬尘、老箕旧篓、粗手粗脚的鲁莽遭遇，正符合现在常说的"野蛮生长"。直到最后压制茶饼时，也不能为了脱净蛮气而一味选用上等嫩芽，因为过于绵密不利于发酵转化，而必须反过来用普通的"粗枝大叶"构成一个有梗有隙的支撑形骨架，营造出原生态的发酵空间。这看上去，仍然是一种野而不文、糙而不精的土著面貌，仍然是一派不登大雅之堂的泥昧习性。

但是，漫长的时间也能让美学展现出一种深刻的逆反。青春芳香的绿茶只能浅笑一年，笑容就完全消失了。老练一点的乌龙茶和红茶也只能神气地挺立三年，便颓然神伤。这时，反倒是看上去蓬头垢面的普洱茶越来越光鲜。原来让人担心的不洁不净，经过微生物菌群多年的吞食、转化、分泌、释放，反而变成了大洁大净。

你看清代宫廷仓库里存茶的那个角落，当年各地上贡的繁多茶品都已化为齑粉，沦为尘土，不可收拾，唯独普洱茶，虽百余年仍筋骨疏朗，容光焕发。二〇〇七年春天从北京故宫回归普洱的那个光绪年间出品的"万寿龙团贡茶"，很多人都见到了，便是其中的代表性形象。

这就是赖到最后才登场的"微生物美学"，一登场，全部不起眼的前史终于翻案。这就是隐潜于万象深处的"大自然美学"，一展露，连人类也成了其间一个小小的环节。

说到这里，我想读者诸君已经明白，我所说的普洱茶的"核心机密"是什么了。

唐代《蛮书》、宋代《续博物志》、明代《滇略》中都提到过普洱一带出茶，但从记述来看，采摘煮饮方式还相当原始，或语焉不详，并不能看成我们今天所说的普洱茶。这就像，并不是昆山一带的民间唱曲都可以叫昆曲，广东地区的所有餐食都可以叫粤菜。普洱茶的正式成立并进入历史视野，在清代。

我在上文曾写到清代帝王为了消食而喝普洱茶的事情。由于他们爱喝，也就成了贡品。既然成了贡品，那就会引发当时上下官僚对皇家口味的揣摩和探寻，于是普洱茶也随之风行于官场士绅之间。朝廷的采办官员，更会在千里驿马、山川劳顿之后，与诚惶诚恐的地方官员一起，每年严选品质和茶号，精益求精，谁也不敢稍有怠慢或疏忽。普洱茶，由此实现了高等级的生命合成。

从康熙、雍正、乾隆到嘉庆、道光、咸丰，这些年代都茶事兴盛。而我特别看重的，则是光绪年间（公元1875年—1909年）。主要标志，是诸多"号级茶"的出现。

"号级茶"，是指为了进贡或外销而形成的一批茶号和品牌。品牌意识的觉醒，使普洱茶从一开始就进入了"经典时代"，以后的一切活动也都有了基准坐标。

早在光绪之前，乾隆年间就有了同庆号，道光年间就有了车顺号，同治年间就有了福昌号，都是气象不凡的开山门庭，但我无缘尝到它们当时的产品。我们今天还能够"叫得应"的那些古典茶号，像宋云号、元昌号，以及大名赫赫的宋聘号，都创立于光绪元年。

由此带动，一大批茶庄、茶号纷纷出现。说像雨后春笋，并不为过。

如果说，光绪元年是云南经典茶号的创立之年，那么，光绪末年则是云南所有茶号的浩劫之年。由于匪患和病疫流行，几乎所有茶号都关门闭市。如此整齐地开门、关门，开关于一个年号的首尾，使我不得不注意光绪和茶业的宿命。

浩劫过去，茶香又起。只要茶盅在手，再苦难的日子也过得下去。毕竟已经到了二十世纪，就有人试图按照现代实业的规程来筹建茶厂。一九二三年到勐海计划筹建茶厂的几个人中间，领头的那个人正好也是我的同姓本家余敬诚先生。

后来在一九四〇年真正把勐海的佛海茶厂建立起来的，是从欧洲回来的范和钧先生。他背靠中国茶业公司的优势，开始试行现代制作方式和包装方式，可惜在兵荒马乱之中，到底有没有投入批量生产，产了多少，销往何方？至今还说不清楚。我们只知道十年后战争结束，政局稳定，一些新兴的茶厂才实现规模化的现代制作。

这次大规模现代制作的成果，也与前代很不一样。从此，大批由包装纸上所印的字迹颜色而定名的"红印""绿印""蓝印""黄印"等等品牌，陆续上市。有趣的是，正是这些偶尔印上的颜色，居然成了普洱茶历史上的里程碑，五彩斑斓地开启了"印级茶"的时代。

那又是一个车马喧腾、旌旗猎猎、高手如云的热闹天地。"号级茶"就此不再站在第一线，而是退居后面，安享尊荣。如果说，"号级茶"在今天是难得一见的老长辈，那么，"印级茶"则还体力雄健，经常可以见面。

你如果想回味一下二十世纪五十年代、六十年代那种摆脱战争之后大地舒筋活血的生命力，以及这种生命力沉淀几十年后的庄重和厚实，那就请点燃茶炉，喝几杯"印级茶"吧。喝了，你就会像我一样相信，时代是有味道的，至少一部分，藏在普洱茶里了。

无奈海内外的需求越来越大，"印级茶"也撑不住了。普洱茶要增加产量，关键在于缩短发酵时间，这就产生了一个也是从偶然错误开始的故事。

据说有一个叫卢铸勋的先生在香港做红茶，那次由于火候掌握不好，做坏了，发现了某种奇特的发酵效果。急于缩短普洱茶发酵时间的茶商们从中看出了一点端倪，便在香港、广东一带做了一些实验。终于，一九七三年，由昆明茶厂厂长吴启英女士带领，在这些实验的基础上以"发水渥堆"的方法成功制造出了熟茶。熟茶中，陆续出现了很多可喜的品牌。

当然，也有不少茶人依然寄情于自然发酵的生茶，于是，熟茶的爆红也刺激了生茶的发展。在后来统称"云南七子饼"的现代普洱系列中，就有很多可以称赞的生茶产品。从此之后，生、熟两道，并驾齐驱。

即使到了这个时候，普洱茶还严重缺少科学测试、生化分析、品牌认证、质量鉴定，因此虽然风行天下，生存基点还非常脆弱，经受不住滥竽充数、行情反转、舆情质询。日本二十几年前由痴迷到冷落的滑坡，中国在二〇〇七年的疯涨和疯跌，都说明了这一点。因此，二〇〇八年由沈培平先生召集众多生物科学家和其他学者集中投入研究，开启了"科学普洱"的时代。

由此想起几年前，闫希军先生领导的天士力集团听到了"科学普洱"的声音，便用现代生物发酵工艺萃取千年古茶树中有效无害的成分，提炼成"帝泊洱"速溶饮品。这个行动具有重大历史意义，为普洱茶的纯净化、功能化、便捷化、国际化打开了新门户。在香港举行的发布会上得知，为了研究的可靠性，他们曾经一次次动用上百只白老鼠做生化实验。我随即在发布会上站起来说，自己是一百〇一只白老鼠，已经在无意中接受了多次实验，而且还愿意实验下去。

但是，我更想在实验中把自己变小，小得不能再小，然后悄悄融入那支微生物菌群的神秘大军，看它们如何从原始森林的古乔木大叶种开始，一步步把普洱茶闹腾得风起云涌。

当然，对我来说，普洱茶只是一个观察样本，只要进入了微生物的世界，那么，我对人类和地球的感受也就完全不一样了。于是，我再由小变大，甚至变成巨人，笑看茫茫三界。

春天，又一个收茶的季节来了。

好几天来，妻子一直在念叨着普洱的那些茶山，一次次下决心要赶过去赏茶、采茶。但是，实在被教育任务拖住了，怎么也走不开。她对那些茶山，留下了很特别的感觉，因此在品茶时常常刚一入口就说出了来自何山，而且总是说对，让老茶客们佩服不已。我就是在这一点上，逊她一步。对此，她谦虚地说："女人嘛，只是在口感上稍稍敏锐一点，何况我经过实地踏访。"

唇齿一扪，就能感知每一座山，却放掉了当季的山色山岚，放掉了今日的沾露茶香，真有一种说不出的遗憾。

普洱的茶山，确实值得向往，即便不是这个季节。我一直在世界各地漫游，深知目前普洱市的自然生态环境，已达到国际一流水准。

何谓国际一流水准？那就是用现代人历尽歧路后终于明白了的智慧，小心翼翼地保护并营造了远古时代地球生态未被破坏前的原始状态，同时使之更健康、更科学、更美观。那种丰富、多元、共济、互克、饱满、平衡的自然奇迹，其实也是人类与自然谈判几千年后最终要追求的目标。首尾相衔的一个大圆圈，画出了人类的宏大宿命。为此，我常去普洱，把它当作一个课堂，有关哲学、人类学和未来学。

于是，一杯普洱茶，也就在陈酽、暖润之中，包含着人与自然间的幽幽至义。

经常有朋友在茶桌前郑重地说一声，今天，请喝五十年的老茶。

我则在心里说，其实，这是五千、五万年的事儿。喝上一口，便进入了一个生态循环的大轮盘。在这种大轮盘中，人的生命显得非常质感又非常宏观，非常渺小又非常伟大。

这么一想，就很高兴。这年月，老茶已经收不到，也存不起了。对于每年的新茶，我们虽然可以选得很精，但还是没有能力多收。我们只想把自己的眼光变成一小堆物态存在，然后守着它们，慢慢等待。等待它们由青涩走向健硕，走向沉着，走向平和，走向慈爱，最后，走向丝竹俱全的口中交响，却又吞咽得百曲皆忘。

具体目的，当然是到时候自己喝，送朋友们喝。但最大的享受是使人生多了一份惦念。这种惦念牵连着贮存处的一个角落，再由这个角落牵连南方的连绵群山。这一来，那一小堆存茶也就成了一种媒介，把我们和自然连在一起了，连得可触可摸、可看可闻、可感可信。说大了，这也就从一个角度，体验了"天人合一"的人格模式和文化模式。

这种人格模式和文化模式，暂时还只属于中国。我在以前的两本书里提到，改变中国近代史的"鸦片战争"，其实是"茶叶战争"。英国人喝中国茶上了瘾，每家每人离不开，由此产生了贸易逆差，只能靠贩毒来抵账。我又说了，他们引进了茶却无法引进茶中诗意，滤掉了茶叶间渗透的中国文化，这或许也是他们的文化自卫。但是，这些与炮火沧海连在一起的茶，基本上都不是普洱茶。普洱茶的文化，在空间和时间上更稳健、更着地、更深厚、更悠长。因此，在中国文化开始从"文本文化"转向"生态文化"的今天，它也就成了一种重要的文化标志。

在这个意义上，一个地道中国人的安适晚年，应该有普洱茶伴随。

我是谁？我从哪里来？又到哪里去？——喝一口便知。

第四辑

慢品浮生

君子之道

> 文化的终极成果，是人格。中国文化的人格模式还有不少，其中衍伸最广、重叠最多、渗透最密的，莫过于"君子"。这也可以说是一个庞大民族在自身早期文化整合中的"最大公约数"。

文化的最后一级台阶

文化有很多台阶，每一级都安顿着不同的项目。那么，最后一级是什么呢？

当然，最后一级不是名校，不是博士，不是教授，不是学派，不是大奖，不是国粹，不是唐诗，不是罗浮宫，不是好莱坞……

很多很多"不是"。但是，它们每一项，都有资格找到自己的文化台阶，拂衣整冠，自成气象。它们很可能把自己看成是最后目标、最高等级，但实际上都不是。而且，它们之间，也互不承认。

世界各国的学者们，常常也在这么多文化项目间比轻重，说是非。意见总是吵吵嚷嚷，直到听到了一种声音，情况才发生一点变化。

这种声音说，文化的终极成果，是人格（*personality*）。

中华文化的终极成果，是中国人的集体人格。复兴中华文化，也就是寻找和优化中国人的集体人格。

这也可以看作是文化的最后一级台阶。

我可以再借一个外国人来说明这个问题。

这个人我说过多次，就是那位十六世纪到中国来的耶稣会传教士利玛窦。他对中国文化进行了数十年精深和全面的研究，很多方面已经一点儿也不差于中国文化人，但我们读完长长的《利玛窦中国札记》（*China in Sixteenth*

Century: The Journals of Mathew Ricci）就会发现，最后还是在人格上差了关键一步。那就是，他暗中固守的，仍然是西方的"圣徒人格"和"绅士人格"。

与"圣徒"和"绅士"不同，中国文化的集体人格模式，是"君子"。

中国文化的人格模式还有不少，其中衍伸最广、重叠最多、渗透最密的，莫过于"君子"。这也可以说是一个庞大民族在自身早期文化整合中的"最大公约数"。

"君子"，终于成了中国人最独特的文化标识。世界上的其他民族，在集体人格上都有自己的文化标识。除了利玛窦的"圣徒人格"和"绅士人格"外，还有"骑士人格""灵修人格""浪人人格""牛仔人格"等等。这些标识性的集体人格，互相之间有着巨大的区别，很难通过学习和模仿全然融合。这是因为，所有的集体人格皆如荣格所说，各有自己的"故乡"。从神话开始，埋藏着一个遥远而深沉的梦，积淀成了一种潜意识、无意识的"原型"。

"君子"作为一种集体人格的雏形古已有之，却又经过儒家的选择、阐释、提升，结果就成了一种人格理想。儒家先是谦恭地维护了"君子"的人格原型，然后又鲜明地输入了自己的人格设计。这种在原型和设计之间的平衡，贴合了多数中国人的文化基因和文化选择，因此儒家也就取得了"独尊"的地位。

不少中国现代作家和学者喜欢用激烈的语气抨击中国人的集体人格，揭示丑恶的"国民性"。看似深刻，但与儒家一比，层次就低得多了。儒家大师如林，哪里会看不见集体人格的毛病？但是，从第一代儒学大师开始，就在淤泥中构建出了自己的理想设计。

这种理想设计一旦产生，中国文化的许许多多亮点都向那里滑动、集中、灌注、融合。因此，"君子"两字包罗万象，非同小可。儒家学说的最简捷概括，即可称之为"君子之道"。甚至，中国文化的钥匙也在那里。

对中国文化而言，有了君子，什么都有了；没有君子，什么都徒劳。

这也就是说，人格在文化上收纳一切，沉淀一切，预示一切。

任何文化，都是前人对后代的遗嘱。最好的遗嘱，莫过于理想的预示。后代应该成为什么样的人？中国文化由儒家做了理想性的回答：做个君子。

做个君子，也就是做个最合格、最理想的中国人。

我一直认为，中国文化没有沦丧的最终原因，是君子未死，人格未溃。

中国文化的延续，是君子人格的延续；中国文化的刚健，是君子人格的刚健；中国文化的缺憾，是君子人格的缺憾；中国文化的更新，是君子人格的更新。

如果说，文化的最初踪影，是人的痕迹，那么，文化的最后结晶，是人的归属。

儒家对后世的遗嘱——做君子，不做小人，有没有传下来呢？

传下来了。而且，传得众人皆知。只要是中国人，即使不通文墨，也乐于被人称为君子，而绝不愿意被人看作小人。如此普及千年，如此深入人心，实在是一种文化奇迹。

由此，儒家的遗嘱，也就变成了整个中国文化的主要遗嘱。

一定有人不赞成，认为君子之道流传那么久，产生真正完美君子的比例并不高。因此，不能认为"有效"。

这种观点，把理想人格的设计和引导当作了"应时配方"。其实，人类历史上任何民族的理想人格设计，都不具备"即时打造、批量生产"的功能。君子之道也一样，这是一种永不止息的人格动员，使多数社会成员经常发觉自己与君子的差距，然后产生"见贤思齐"、"景行行止"的向往，而不是在当下急着搭建一个所谓"君子国"。

敬与让

精神需要赋形，人格需要可感，君子需要姿态。这不仅仅是一个"从里到外"的过程，而且也能产生"从外到里"的反馈。那就是说，当外形一旦建立，长期身体力行，又可以反过来加固精神，提升人格。

对外来说，"君子之德风"，君子的品德需要传播。而在传播渠道稀少、文本教育缺乏的古代，有效传播的主要媒介，就是君子本身的行为方式。因此，君子的礼仪，具有空间和时间上的扩展使命。

普普通通的人，有礼上身，就显出高贵。而这种高贵是有对象的，既尊敬人，又传染人。这个意思，就是《左传》上的一段话：

> 君子贵其身而后能及人，是以有礼。
>
> （《左传·昭公二十五年》）

任何行为规范，都会表达某种意向。那么，究竟是什么意向在中国人的日常礼仪中最常见、最重要呢？

一是"敬"，二是"让"。

先说"敬"。

孟子说："有礼者敬人。"（《孟子·离娄下》）墨子说："礼，敬也。"（《墨子·经上》）这就表明，一个有礼的君子，他的全部动作都会表达对他人的尊敬。敬，是高看他人一眼，而不是西方式的平视。

君子之敬，并不是家族伦理和官场伦理的附属品，它具有一定的独立性。

一个君子，如果对偶然相遇的陌生人也表示出尊敬，那么，这种尊敬也就独具价值。因此，我常常在彼此陌生的公共空间发现真君子。一旦发现，就会驻足良久，凝神注视：正是他们对陌生人的尊敬，换来了我对他们的尊敬。

在这里，互敬成为一种互馈关系，双向流动。公共空间的无限魅力，也由此而生。

这种互馈关系，孟子说得最明白：

> 敬人者，人恒敬之。
>
> （《孟子·离娄下》）

再说"让"。

简单说来，那就是后退一步，让人先走；那就是让出佳位，留给旁人；那就是一旦互堵，立即退让；那就是分利不匀，率先放弃……这一切，都不是故意表演，做给人看，而是在内心就想处处谦让，由心赋形。

还是孟子说的：

> 辞让之心，礼之端也。
>
> （《孟子·公孙丑上》）

所谓"礼之端",就是礼的起点。为什么辞让能成为起点?因为世界太拥挤,欲望太密集,纷争太容易。唯有后退一步,才会给他人留出空间。敬,也从后退一步开始。

辞让,是对自己的节制。一人的节制也能做出榜样,防止他人的种种不节制。这是《礼记》说过的意思:

礼者,因人之情而为之节文,以为民坊者也。

(《礼记·坊记》)

这个"坊"字,古时候与"防"相通。这句话用我的语气来说是这样的:什么是礼?对人的性情加以节制,从而对民间做出防范性的示范。

说得有点绕。一切还是要回到孔子。在孔子看来,为什么要礼?为什么要敬?为什么要让?都是为了一个目的:和。君子之责,无非是求人和、世和、心和。他用简洁的六个字来概括:

礼之用,和为贵。

(《论语·学而》)

那也就形成了一个逻辑程序:行为上的"敬""让",构成个人之"礼",然后达成人间之"和"。

揭示了结论,我还要做一个重要补充:君子有了礼,才会有风度,才会有魅力,才会美。正是谦恭辞让之礼,使君子神采无限。这是中华民族理想人格的最佳标识,也是东方人文美学的最佳归结。

现代很多人在这一点上误会了,以为人格魅力在于寸步不让,在于锐目紧逼,在于气势凌人。其实,正好相反。

为此,我很赞赏荀子把"礼"和"美"连在一起的做法。他在《礼论》里为"礼"下了一个定义,说是"达爱敬之文而滋成行义之美者也"。这个定义告诉我们,在设计"礼"的时候,不管是个人之礼还是集体礼仪,都必须文,必须美。

至 谊

　　这是一个历代中国人都熟悉的故事，熟悉得我都不好意思再复述一遍。但是，我还是忍不住要对初读时印象最深的碎片，勾勒几笔。

　　一位地位很高的人，独自在江边弹琴，却被一个打柴的樵夫完全听懂，他们就成了朋友。一年后弹琴者再到那个地方寻樵夫，却听说樵夫已死。他悲痛地寻到山间坟墓，把那张琴摔碎在墓碑上。

　　这个故事出自《列子·汤问》。那一对朋友，不是靠别的一切，完全只以琴曲结下生死之交。弹琴者俞伯牙心在高山，听琴者钟子期立即听出来了；过一会儿俞伯牙转向流水，钟子期也听出来了。因此，"高山流水"成了千古至谊的代称。

　　有了这个代称，中国人心中的千古至谊，也就与山水呼应，由山水做证，如山水永恒了。

　　《列子》按理应产生在战国时代，所写的俞伯牙、钟子期的故事应发生在春秋时代，那都是两千多年前的事情了。也有学者认为《列子·汤问》出于魏晋人之手，那也有一千多年了。故事的真实程度已经很难考证，但是，一两千年间，无数中国人都以这个故事来建立友谊信仰。这种信仰，实实在在地发生在阅读、谈论、企盼中，因此已经变成了一种"过程真实"，比故事本身的真实性更有意义了。因此我坚信，既然有过"高山流水"这种友谊信仰，那么，中国人肯定是世界上最懂得友谊的族群。

　　当然，也恰恰因为是"高山流水"，中国人也是在友谊问题上最谨慎、最期待、最悲观的族群。

　　每个人，也许都有可能遇到那个"钟子期"，但机会太小了。那个地方，会在哪里？

　　如果真是遇到了"钟子期"，那么，相交的时间也不会太长，可谓"极而不永"。很快，一方断命，一方断琴，两相足矣。至情至谊的可贵和可哀，本为一体。

　　对于这个问题，我想得更多的，不是向外面找，而是向自己找。自己心中，究竟有没有"高山流水"？这是获得至谊的基础理由。没有这个基础理由，也就没有"钟子期"；有了这个基础理由，也未必遇得到他。这是一种茫然的等待，凄惶的寻找，其实都不能抱有太大的希望。

一九七七年，人类向外太空发射了一个特殊的飞行物"旅行者一号"，向外星人送去了一系列自我介绍。介绍中国的，便是古琴曲《高山流水》。

我读到这条新闻时心中一怔，半日无言。这就是说，我们把尚未谋面的外星人，也当作了"可能的钟子期"。只是希望，在茫茫宇宙间，有人懂得我们。

不懂？不要紧，我们一直寻找着。边飞行边寻找，边寻找边飞行，直到没有尽头的尽头，也就是永恒。

科学家霍金提醒大家：千万别去惹外星人。因为，我们太不了解他们，他们有可能轻而易举地消灭了我们。

太高、太大的友谊企盼，必然会带来太高、太大的生存风险。人类的前景如何？实在不得而知。每当我们抬头仰望苍天的时候，只需知道，在那里，不可想象的远处，有一支《高山流水》的琴曲，在找寻友谊。

估计是找不到，但是，总算在找。这其实也像地球上的我们：对于千古至谊，不抱奢望，却总是在找。

仁者乐山

> 奥地利告诉我们,人类只有收敛自我,才能享受最完美的自然。

一

从意大利到奥地利,也就是从南欧进入了中欧。

意大利当然很有看头,但家业太老,角落太多,管家们已经不怎么上心了。奥地利则不同,处处干净精致。同样一座小城,在意大利,必定是懒洋洋地展示年岁,让游人们来轻步踩踏、声声惊叹;在奥地利,则一定把头面收拾得齐整光鲜,着意于今天,着意于眼前。

奥地利的首都维也纳,并不古老却很有文化。一百多年前已经有旅行家做出评语:"在维也纳,抬头低头都是文化。"我不知道这句话的含义是褒是贬,但好像是明褒实贬。因为一切展示性的文化堆积得过于密集,实在让人劳累。接下去的一个评语倒是明贬实褒:"住在维也纳,天天想离开却很难离开。"这句评语的最佳例证是贝多芬,他在一城之内居然搬了八十多次家,八十多次都没有离开,可见维也纳也真有一些魔力。

时至今日,太重的文化负担使它陷入太多程式化的纪念聚集,因此显得沉闷而困倦。中国人刚刚开始热衷的"金色大厅音乐会"之类,也已开始失去生命力。奥地利人明白这一点,因此早已开始了对维也纳的背叛。

奥地利的当代风采,在维也纳之外。应该走远一点去寻找,走到那些山区农村,走到因斯布鲁克往萨尔茨堡、林茨的山路间。寻找时,有小路应该尽量走小路,能停下逗留一会儿当然更好。

二

奥地利的山区使我疑惑起来：自己究竟是喜欢山，还是喜欢水？

这里所说的"喜欢"，不是指偶尔游观，而是指长期居息。无论是临水还是倚山，都会有一些不方便，甚至还会引来一些大灾难，但相比之下，山间的麻烦更多。从外面看是好好一座山，住到了它的岙窝里很快就会感到闭塞、坎坷、芜杂，这种生态图像与水边正恰相反。

也许正是这个原因，我以前对居息环境的梦想，也大多与水有关。

但是，眼前的奥地利，却让我惊讶不已。

首先是图像的净化。满山满坡都是地毯般的绒草，或者是一片片整齐的森林，色调和谐统一，单纯明丽，把种种芜杂都抹去了。这也就抹去了山地对人们的心理堵塞，留下了开阔气韵。海边的优势，也不过如此吧？但它又比海边宁静和安全。

成都·雍锦世家·松寂风定

其次是人迹的收敛。整治草地和森林的当然是人力，但人的痕迹却完全隐潜，只让自然力全姿全态地出台。所有的农舍，不是原木色，就是灰褐色，或是深黑色，不再有别的色彩。在形态上也追求原生态，再好的建筑看上去也像是山民的板屋和茅寮，绝不会炫华斗奇，甘愿被自然掩埋。这种情景与中国农村大异其趣。中国民众总是企图在大地上留下强烈的人为印迹，贫困时涂画一些标语口号，富裕时搭建出艳俗的房舍。奥地利告诉我们，人类只有收敛自我，才能享受最完美的自然。

在奥地利的山区农村，看不到那些自以为热爱自然、却又在损害自然的别墅和度假村。很多城里人不知道，当他们"回归自然"的时候，实际上蚕食了山区农村的美学生态。奥地利的山区农村中一定也有很多城里人居住，他们显然谦逊得多，要回归自然首先把自己"回归"了，回归成一个散淡的村野之人，如雨入湖，不分彼此。

三

在奥地利，想起了中国古代的山水哲学。

孔子对于山水，并无厚此薄彼，说过八个字："智者乐水，仁者乐山。"

这里的"乐"字，古代读"要"，一个已经死了的读音。但是我觉得这八个字很有现代美学价值，应该活下去。

海洋文明和大河文明视野开阔、通达远近、崇尚流变，这一点，早已被历史证明。由这样的文明产生的机敏、应时、锐进、开通等等品质也就是所谓"智"；与此相对比，山地文明则会以敦厚淳朴、安然自足、万古不移的形态给我们带来定力，这就是所谓"仁"。

其实，整个人生，也就是平衡于山、水之间。

水边给人喜悦，山地给人安慰。

水边让我们感知世界无常，山地让我们领悟天地恒昌。

水边让我们享受脱离长辈怀抱的远行刺激，山地让我们体验回归祖先居所的悠悠厚味。

水边的哲学是不舍昼夜，山地的哲学是不知日月。

正因为如此，我想，一个人年轻时可以观海弄潮、择流而居，到了老年，则不妨在山地落脚。

四

此刻我正站在因斯布鲁克的山间小镇塞费尔德（*Seefeld*）的路口，打量着迷人的山居生态。

那些农舍门前全是鲜花，门口坐着一堆堆红脸白须、衣着入时的老人。他们无所事事，却无落寞表情，不像在思考什么，也不东张西望。与我们目光相遇，便展开一脸微笑，又不期待你有太多的回应。

也有不少中年人和青年人在居住。我左边这家，妻子刚刚开了一辆白色的小车进来，丈夫又骑着摩托出去了。但他们的小车和摩托都掩藏在屋后，不是怕失窃，倒是怕这种现代化的物件窃走浑厚风光。妻子乐呵呵地在屋前劈柴，新劈的木柴已经垒成一堵漂亮的矮墙。

现在是八月，山风已呼呼作响。可以想见，冬季在这里会很寒冷。这些木柴那时将在烟筒里变作白云，从屋顶飘出。积雪的大山会以一种安静的银白来迎接这种飘动的银白，然后两种银白在半空中相融相依。

突然有几个彩色的飞点划破这两种银白，那是人们在滑雪。

江南小镇

> 当代文人都喜欢挤在大城市里,习惯地接受全方位的"倾轧"。大家似乎什么也不缺,但仔细一想,却缺了那些河道、那些小船、那些梨花,缺了那一座座未必是江南的"江南小镇"。

一

我一直想写写这个题目,但又难于下笔。江南小镇太多了,一一拆散了看,哪一个都算不上重大名胜。但是如果全都躲开了,那就躲开了中国文化的一个生态秘密,非常可惜。

一说江南小镇,闭眼就能想见:一条晶亮的河道穿镇而过,几座灰白的石桥弓着背脊,黑瓦的民居挤在河边,民居的楼板底下就是水,石阶的埠头一级级伸向水面,女人正在埠头上浣洗,离她们只有几尺远的乌篷船上正升起一缕缕炊烟,炊烟穿过桥洞飘到对岸,对岸河边上有一排又低又宽的石栏,几位老人正满脸宁静地坐在那里,看着过往船只……

从懂事开始,我就没有把这样的小镇当一回事。我家虽在农村,但离几个小镇都不远,走不了多久就到了,因此对它们都很熟悉。我在课堂上知道了很多重要地名,我和同学们都痴痴地想象着、向往着。听说离我们最近的小镇里有一位老大爷到过宁波和杭州,便敬若神明,远远地跟在后面学步,只奇怪他为什么到了好地方还要回来。

我小学毕业后到上海读中学,后来又进了大学,我们全家也搬到上海,成了地地道道的城里人。农村和小镇的事,渐渐淡忘。

但是,就在上大学的时候,遇到了一场被称之为"文革"的民粹主义大劫难。父亲被关押,叔叔被害死,我作为长子不到二十岁却挑起了全家衣食重担。在波涌浪卷的口号、标语大海中,不知道明天的日子怎么过下去。

忽然被告知，必须立即到外地军垦农场服役改造。去了才知，那农场还是一片沼泽，我们必须跳到严冬的冰水里一锹锹挖土筑堤。宿舍也由自己用泥土和茅草搭建，在搭建的那些天，晚上就住在附近一个小镇的废弃仓库里。在泥地上铺一层稻草，那就是我们的床。

我十分疲惫地躺在地上，听到头边木板墙的缝隙中传来讲话的声音。懒懒地翻一下身子，从缝隙中看出去，发现那里是一个简陋的院落。小小一间屋子面对着河流，进进出出是一对年轻的夫妻。他们淘米、炒菜，然后说笑几句，慢慢吃饭。他们都不漂亮，但头面干净，意态平静，可能是哪家小商店的营业员和会计吧。还没有孩子，估计是新婚，从年龄看，和我们差不多。

这个纯属小镇的景象，实在把我镇住了。我把脸贴在缝隙上，看了很久很久。

没有故事情节，没有生离死别，没有惊心动魄，有的只是平常和平静。但是，对于身处灾难中的我，却在这里发现了最渴望的境界。几年的生死挣扎不知在追求什么，这一下，如蓦然悟道，如醍醐灌顶，如荒漠遇泉，如沧海见帆，终于明白。天下灾难的发生，各有原因，而共同的结果都是破坏平常和平静。破坏了，就更加疼惜，但内心还不敢承认自己是在疼惜平常和平静。直到看到木墙缝隙外的图像，才彻底承认。

我躺在铺着稻草的泥地上，突然想起了莎士比亚的《麦克白》。麦克白夫妇黑夜杀人篡权，天亮了，城堡中响起了敲门声。这敲门声与他们的行为毫无关系，很可能是送牛奶的人在敲邻近的门。但是，麦克白夫妇听到后惊恐极了。不是惊恐罪行暴露，而是惊恐黎明来临。

在黑夜城堡里，他们出于贪欲，由常人一步步变成魔鬼，因此，只有最平常的市井声音才能把他们从魔鬼梦魇中惊醒。惊醒后再反观自己，吓坏了。其实，《麦克白》演出时，台下的观众听到这黎明的敲门声也都会心里一抖，因为观众在前几个小时也进入了梦魇般的心理程序，同样被敲门声惊醒。

一百多年前有一位英国学者托马斯·德·昆西（*T.De Quincey*），在童年时观看《麦克白》时，很奇怪自己为什么会被最普通的敲门声所感染，长大后不断回忆、思考、研究，终于写出了一篇论文《论麦克白中的敲门声》，成了世界莎士比亚研究中的重要文献。我在大学里认真读过这篇文章，此刻又想了起来。

一想起就明白，我被一对最普通夫妻的最普通生活所震撼，也是因为听到了"敲门声"。小镇的敲门声，正常生活的敲门声，笃笃笃，轻轻的，隐隐的，却灌注全身。

江南小镇的最典型画面，莫过于陈逸飞先生的油画作品《故乡的回忆》了。他画的是江苏昆山周庄，但那并不是他真正的故乡。他与我同乡，我们的另一位同乡作家三毛，一到周庄，也热泪盈眶。可见，故乡未必具体，也未必定向。只要让人听到那种敲门声，便是最深刻的故乡。

不管怎么说，既然陈逸飞先生起了头，周庄总得去一趟。

二

像多数江南小镇一样，去周庄，坐船才有味道。

我约了两个朋友，从青浦淀山湖的东南岸雇了条船，向西横插过去。走完了湖，就进入了河网地带。

在这里，纵横交错的河流就像人们可以随脚徜徉的大街小巷。一条船一家人家，悠悠地走着，丈夫在摇船，妻子在做饭，女儿在看书，神情都很安静。其中有一条船的船头坐着两个打扮光鲜的老太太，像是走亲戚去的，我们的船驶得有点儿快，把水溅到一个老太太的新衣服上了，老太太撩起衣服下摆，嗔色指了指我们。我们连忙拱手道歉，老太太立即笑了。

我们的船慢了下来，因为河道上已经越来越挤，头上掠过的石桥越来越多。已经到了一个集镇，当然，是周庄。

两岸的房屋都很老派，一眼看去，多数应该是清代民居的格局，但奇怪的是，没有颓败之相。那么多兵荒马乱的岁月，好像都被删略了，瓦楞、木窗、小吃、声调，都是曾祖父和更老长辈们留下的，至今变化不大。沿河码头很多，那几个特别像样的码头，通向一幢幢大宅子，那气派，应该是明代的了。

找一个码头上岸，那宅子很深，叫沈厅，听说是明代初年江南首富沈万三后人的住所。原来沈万三就是周庄人，一想到他，你就会觉得小镇不小。

岂止不小。想当年明太祖朱元璋定都南京，颁旨大修城墙，沈万三居然主动承担三分之一的费用。小小的周庄，就这样扛起了大大的京城。对这件事，朱元璋当然笑逐颜开，但眼角又闪过几分猜忌。沈万三毕竟是商人，在朝野一片赞扬声中昏了头，乐颠颠地又拿出一笔钱要"犒赏军队"。

这下朱元璋发怒了："你是什么东西？军队是你犒赏得了的吗？"于是下令杀头，后来据说因皇后劝阻，改旨发配云南。于是，这位中国十四世纪的理财大师，再也没有回到周庄，客死遥远的戍所。

今天走在周庄的小街上，不免想起大家都想过的一个问题：沈万三那么多钱，是从哪里来的？传说很多，我比较相信，是因为海外贸易。周庄靠近长江口、杭州湾的地理位置，是我做出这样判断的原因之一。黄道婆从海南回来，刚从这里上岸，而郑和的远航，不久之后也将从这里出发。

如果真是这样，那么，江南小镇实在是气吞万里了。万里间的贸易带来了万般钱财，最后，竟把自己的生命也弃之于万里之外。

这么一想，我们必须对街边河道上的那些木船刮目相看了。一船船梦想和宏图，一船船货物和白银，一船船辛酸和眼泪，一船船押解和永别，全部在这码头上搬上搬下。

大多是夜晚，手脚很轻，话语很少，只有月亮看见了，却又躲进了云层。

承受过大发达、大富裕、大冤屈、大悲苦，小镇路上鹅卵石，被多少踉跄的脚步磨砺，早就一颗颗在微风细雨中大彻大悟。外来游人必须明白，小镇的朴实和低调，并不是因为封闭和愚钝。

三

上午看完了周庄，下午就去了另一个小镇同里。

同里比周庄挺展、精致，于是进一步明白，周庄确实被沈万三案件吓得不轻，灰帽玄衣几百年。同里没有受过那么大的惊吓，有点儿扬扬自得，尽管也很有分寸。

同里有一个"退思园",是任兰生的私家园林,已有一百多年历史。一进门就喜欢,原因是静。

我们去的时候,上海到这里还没有直达的长途汽车。苏州近一点儿,但自己有太多园林,当然很少有人过来。因此,退思园,静得只有花石鱼鸟、曲径树荫。

静,是多数古典艺术的灵魂,包括古典园林在内。现代人有能力浏览一切,却没有福分享受真正的静,因此也失却了古典灵魂。估计今天的退思园,也静不了了。大量外来游客为了求静而破坏了静,但这是无可奈何的事,怪不了谁,只是想来有点儿伤心。

当时我们被安静感动,连迈步都变得很轻。就这么轻轻地从西大门走进去,越走越惊讶。总以为走完这一进就差不多了,没想到一个月洞门又引出了一个新空间。而且,一进比一进更妥帖。

静而又静,加上深而又深,这就构成了一种刻意营造的隐蔽,一种由层层高墙围起来的陶渊明和林和靖。隐蔽需要山水,这个园林构建了人造的山水模型,随之,连主人也成了动态模型。

那么,退思园的主人任兰生是一个什么样的模型呢?他是同里人,官做得不小,授资政大夫,赐内阁学士,管理过现今安徽省的很大一块地方。后来遭弹劾而落职回乡,造了这个园林。造园的费用不少,应该都来自安徽任上的吧?但是中国古代官场有一种"潜规则",不管多少钱财,用于回乡造园了,也就不再追究。因为这证明主人已经无心京城仕途,给了别人一种安全感。或者说,用一种故意营造的退息安全,换取了同僚们的心理安全。因此,江南小镇中的这种园林,也是宫殿官衙的一种附属结构、一种必要补充。

任兰生为了让京城同僚们更加放心,为园林起了一个宣言式的名字:退思。语出《左传》"进思尽忠,退思补过"。但任兰生强调的,只是那个"退"字。

这种官场哲学,借由一种园林美学实现。今天远远看去,任兰生毕生最大的功业,就是这个园林。但是,他是主人,却不是营造者。营造者叫袁龙,我们应该记住他的名字。他是同里本地人,任兰生用他,是"就地取材"。那么多江南小镇,为什么至今仍然具有很高的游观价值?因为处处都有一个个"袁龙"。他们大多籍籍无名,只把自己的生命,遗留成了小桥流水的美学。那一进进月洞门,正是这部美学的章章节节。

四

退思园外的同里镇,还有很多古老建筑,像崇本堂、嘉荫堂、耕乐堂等等,都与隐退有关。但是,隐退于官场,并非隐退于历史,江南小镇也有可能成为时代转折的思维重镇。

例如,说得近一点儿,从十九世纪晚期到二十世纪前期,这些小镇就很有一点儿动静。

在周庄,我匆匆看了一下早年参加同盟会的叶楚伧的故居。在同里,则看到了另一位同盟会会员陈去病的老宅。陈去病曾与柳亚子一起建立过文学团体"南社",参与过辛亥革命和反帝制复辟的运动,因此我以前也曾稍稍注意。

我知道在同里镇三元街的老宅中,陈去病曾经组织过"雪耻学会",发行过梁启超的《新民丛报》,还开展过同盟会同里支部的活动。秋瑾烈士在绍兴遇难后,她的密友徐自华女士曾特地赶到这里,与陈去病商量如何处置后事。当时,在这些小镇的码头上,一艘艘小船在神秘出没,船缆重重一抖,牵动着整个中国的精神前沿。

那天,陈去病又撩着长衫上船了,他是去拜访柳亚子。柳亚子住在同一个县的黎里镇。拜访回来,他用诗句记述了这次会面:

> 梨花村里叩重门,
> 握手相看泪满痕。
> 故国崎岖多碧血,
> 美人幽咽碎芳魂。
> 茫茫宙合将安适,
> 耿耿心期只尔论。
> 此去壮图如可展,
> 一鞭晴旭返中原!

这便是那些小船所负载的豪情。

因此，我们切莫小看了小镇的平静而慵懒。任兰生所说的"退思"，也有可能出现以"思"为重的时节；这篇文章开头所说的黎明的敲门声，敲的也许是历史之门。

不错，又回到了敲门声。但这次，不再是麦克白的城堡，也不再是木板墙的缝隙，而是美得多了。满村都是梨花，刚刚下船的陈去病用手拨过花枝，找到了柳亚子的家门，他一笑，便抬起手来，去轻拍门环……

当代文人都喜欢挤在大城市里，习惯地接受全方位的"倾轧"。大家似乎什么也不缺，但仔细一想，却缺了那些河道、那些小船、那些梨花，缺了那一座座未必是江南的"江南小镇"。随之，"江南小镇"也缺了那些诗句、那些身影、那些灵魂。

也许，文化应该重敲小镇之门？小镇应该重敲文化之门？

希望有一天，打开中国的山河地图，满眼都散落着星星点点的人文光亮，到处都密布着四通八达的诗情河道。因此，人人都想整装远行，人人都想解缆系缆，人人都想轻轻敲门。

合肥·雍锦半岛·历史之路

故 乡

> 在茫茫山河间,每个人都能指出一个小点。那是自己的出生地,也可以说是家乡、故乡。真正的游子是不大愿意回乡的,走在外面又没完没了地思念,结果终于傻傻地问自己,家乡究竟在哪里?

一

在茫茫山河间,每个人都能指出一个小点。那是自己的出生地,也可以说是家乡、故乡。

任何一个早年离乡的游子在思念家乡时,都会存在一种两重性:他心中的家乡既具体又不具体。可以具体到一个河湾、几棵小树、半壁苍苔,但是如果仅仅如此,思念完全可以转换成回乡的行动。然而真的回乡又总是失望,天天萦绕我心头的一切原来是这样的么?因此,真正的游子是不大愿意回乡的,走在外面又没完没了地思念,结果终于傻傻地问自己,家乡究竟在哪里?

稍识文墨的中国人都会背诵李白"床前明月光,疑是地上霜。举头望明月,低头思故乡"这首诗,一背几十年,大家都成了殷切的思乡者。但李白的家乡在哪里?没有认真去想过。

这位写下中国第一思乡诗的诗人总也不回乡。是忙吗?不是,他一生都在旅行,也没有承担多少推卸不了的要务,回乡并不太难,但他却老是不回。日本学者松浦友久说,李白一生都使自己处于"置身异乡"的体验之中,我看说得很有道理。

置身异乡的体验非常独特。异乡的山水更会让人联想到自己生命的起点,勾起浓浓的乡愁。乡愁越浓越不敢回去,越不敢回去越把自己和故乡连在一起简直成了一种可怖的循环。结果,一生都避着故乡旅行,避一路,想一路。

谁家玉笛暗飞声，
散入春风满洛城。
此夜曲中闻折柳，
何人不起故园情！

兰陵美酒郁金香，
玉碗盛来琥珀光。
但使主人能醉客，
不知何处是他乡。

　　诸般人生况味中非常重要的一项，就是异乡体验与故乡意识的深刻交糅，漂泊欲念与回归意识的相辅相成。
　　前两年电视导演潘小扬拍摄艾芜的《南行记》，最让我动心的镜头是艾芜老人自己的出场。老人年轻时曾以自己艰辛的远行记述而成名，现在镜头上他已被年岁折磨得满脸憔悴，表情漠然地坐在轮椅上。画面外歌声响起，大意是：妈妈，我还要远行，世上没有比远行更让人销魂。听到这歌声他的眼睛突然发亮，而且颤动欲泪。他昂然抬起头来，饥渴地注视着远方。
　　一切远行者的出发点总是与妈妈告别，一路上暗暗地请妈妈原谅，而他们的终点则是衰老，不管是否落脚于真正的故乡。
　　暮年的老者呼喊早已不在的妈妈不能不让人动容，一声呼喊道尽了回归也道尽了漂泊。
　　不久前读到冰心老人的一篇短小散文，题目就叫"我的家在哪里"。这位九十多岁高龄的作家周游世界，曾在许多不同城市居住。这些年来，却在梦中常常回家。
　　回哪里的家？照理，一个女性只有在自己成了家庭主妇之后才有完整的家庭意识，然而奇怪的是，她在梦中每次回的，总是少女时代的那个家。
　　在一般意义上，家是一种生活；在深刻意义上，家是一种思念。只有远行者才有对家的殷切思念，因此只有远行者才有深刻意义上的家。
　　中国历史上每一次大的社会变动都会带来许多人的迁徙和远行。或义无反顾,或无可奈何,但最终都会进入一首无言的史诗,哽哽咽咽,又回肠荡气。

你看现在中国各地哪怕是再僻远的角落,也会有远道赶来的白发华侨怆然饮泣。匆匆来了又匆匆走了,不会不来又不会把家搬回来。他们抹干眼泪,又须发飘飘地走向远方。

二

我的家乡是浙江省余姚县桥头乡车头村,我在那里出生、长大、读书,直到小学毕业离开。

十几年前,这个乡划给了慈溪县,因此我就不知如何来称呼家乡的地名了。在各种表格上填籍贯的时候总要提笔思忖片刻,十分为难。有时想,应该以我在那儿的时候为准,于是填了余姚;但有时又想,这样填了,有人到现今的余姚地图上去查桥头乡却又查不到,很是麻烦,于是又填了慈溪。当然也可以如实地填上"原属余姚,今属慈溪"之类,但一般表格籍贯栏挤不下那么多字,即使挤得下,自己写着也气闷:怎么连自己是哪儿人这么一个简单问题,都说得如此支支吾吾、暧昧不清!

我不想过多地责怪改动行动区划的官员,他们一定也有自己的道理,但他们可能不知道,这种改动对四方游子带来的迷惘是难于估计的。就像远飞的燕子,当它们随着季节回来的时候,屋梁上的鸟巢还在,但屋子的结构变了,它们只能唧唧啾啾地在四周盘旋,盘旋出一个大问号。

其实我比那些燕子还要恓惶,因为连旧年的巢也找不到了。我出生和长大的房屋早已卖掉,村子里也没有严格意义上的亲戚,如果现在回去,也想不出可在哪一家吃饭、宿夜。这,居然就是我的故乡,我在这个世界上唯一的故乡?

早年离开时的那个清晨,夜色还没有退尽而朝雾已经迷蒙,小男孩瞌睡的双眼使夜色和晨雾更加浓重。这么潦草的告别,总以为会有一次隆重的弥补,事实上世间的一切都无法弥补,我就潦草地踏上了背井离乡的长途。

我所离开的是一个非常贫困的村落。贫困到哪家晚饭时孩子不小心打破一个粗瓷碗就会引来父母的追打,而左邻右舍都觉得这种追打理所当然。这儿没有正儿八经坐在桌边吃饭的习惯,至多在门口泥地上搁一张歪斜的小木几,家人在那里盛了饭就拨一点儿菜,托着碗东蹲西站、晃晃悠悠地往嘴里扒,因此孩子打破碗的机会很多。粗黑的手掌在孩子身上急风暴雨般地抡过,又小心翼翼地捡起碎碗片拼合着。几天后挑着担子的补碗师傅来了,花费很长的时间把破碗补好。补过和没补过的粗瓷碗里,很少能够盛出一碗白米饭。偶尔哪家吃白米饭了,饭镬里通常还蒸着一碗霉干菜,于是双重香味在还没有揭开镬盖时已经飘洒全村,而这双重香味直到今天我还认为是一种经典搭配。雪白晶莹的米饭顶戴着一撮乌黑发亮的霉干菜,色彩的组合也是既沉着又强烈。

说是属于余姚,实际上离余姚县城还有几十里地。余姚在村民中唯一可说的话题,是那儿有一所高山仰止般的医院叫"养命医院"。常言道,只能医病,不能医命。这家医院居然能够"养命",这是何等的本事!何等的气派!村民们感叹着,自己却从来没有梦想过会到这样的医院去看病。没有一个乡民是死在医院里的,他们认为宁肯早死多少年,也不能不死在家里。

乡间的出丧比迎娶还要令孩子们高兴,因为出丧的目的地是山间,浩浩荡荡跟了去,就是一次热热闹闹的集体郊游。这一带的丧葬地都在上林湖四周的山坡上,送葬队伍纸幡飘飘、哭声悠扬,一转入山岙全都松懈了,因为山岙里没有人家,纸幡和哭声失去了视听对象。山风一阵使大家变得安静也变得轻松,刚刚还两手直捧的纸幡已随意地斜扛在肩上。满山除了坟茔就是密密层层的杨梅树,村民们很在行,才扫了两眼便讨论起今年杨梅的收成。

杨梅收获的季节很短,超过一两天它就会泛水、软烂,没法吃了。但它的成熟又来势汹汹,在运输极不方便的当时,村民们唯一能做的事情就是放开肚子拼命吃。家家户户屋檐下排列着附近不同山梁上采来的一筐筐杨梅,任何人都可以蹲在边上慢慢吃上几个时辰,嘟嘟哝哝地评述着今年各座山的脾性。哪座山赌气了,哪座山在装傻,就像评述着自己的孩子。

孩子们到哪里去了?他们都上了山,爬在随便哪一棵杨梅树上边摘边吃。鲜红的果实碰也不会去碰,只挑那些红得发黑但又依然硬扎的果实,往嘴里一放,清甜微酸、挺韧可嚼,扪嘴啜足一口浓味,便把梅核用力吐出,手上的一颗随即又按唇而入。

这些日子他们可以成天在山上逗留，杨梅饱人，家里借此省去几碗饭，家长也认为是好事。只是傍晚回家时一件白布衫往往是果汁斑斑，暗红浅绛，活像是从浴血拼杀的战场上回来。母亲并不责怪，也不收拾，这些天再洗也洗不掉，只待杨梅季节一过，渍迹自然消退，把衣服往河水里轻轻一搓便什么也看不见了。

孩子们爬在树上摘食杨梅，时间长了，满嘴会由酸甜变成麻涩。他们从树上爬下来，腆着胀胀的肚子，呵着失去感觉的嘴唇，向湖边走去，用湖水漱漱口，再在湖边上玩一玩。

上林湖的水很清，靠岸都是浅滩。梅树收获季节赤脚下水还觉得有点儿凉，但欢叫两声也就下去了。脚下有很多滑滑的硬片，弯腰捞起来一看，是瓷片和陶片，好像这儿打碎过很多很多器皿。一脚一脚蹚过去，全是。那些瓷片和陶片经过湖水多年的荡涤，边角的碎口都不扎手了。细细打量，釉面锃亮，厚薄匀整，弧度精巧，比平日在家打碎的粗瓷饭碗不知好到哪里去了。

这究竟是怎么回事？难道这里曾经安居过许多钟鸣鼎食的豪富之家？但细看四周并没有任何房宅的遗迹，也没有一条像样的路，豪富人家的日子怎么过？捧着碎片仰头回顾，默默的山，呆呆的云，谁也不会回答孩子们。

孩子们用小手把碎片摩挲一遍，然后侧腰低头，把碎片向水面平甩过去，看它能跳几下。这个游戏叫作"削水片"，几个孩子比赛开了，神秘的碎片在湖面上跳跃奔跑，平静的上林湖犁开了条条波纹。不一会儿，波纹重归平静，碎瓷片、碎陶片和它们所连带着的秘密，全都沉入湖底。

我曾隐隐地感觉到，故乡也许是一个曾经很成器的地方，它的"大器"不知碎于何时。碎得如此透彻，像轰然山崩，也像渐然家倾。为了不使后代看到这种痕迹，所有碎片的残梦都被湖水淹没，只让后代捧着几个补过的粗瓷碗，盛着点儿白米饭霉干菜木然度日。

如果让那些补碗的老汉也到湖边来，孩子们捞起一堆堆精致的碎瓷片、碎陶片请他们补，他们会补出一个什么样的物件来？一定是硕大无朋又玲珑剔透的吧？或许会嗡嗡作响或许会寂然无声？补碗老汉们补完这一物件又会被它惊吓，不得不蹑手蹑脚地重新把它推入湖底然后仓皇逃离。

我是一九五七年离开家乡的。吃过了杨梅，拜别上林湖畔的祖坟，便来到了余姚县城。也来不及去瞻仰一下心仪已久的"养命医院",立即就上了去上海的火车。

那年我才九周岁,在火车窗口与送我到余姚县城的舅舅挥手告别,怯生生地开始了孤旅。我的小小的行李包中,有一瓶酒浸杨梅、一包霉干菜,活脱脱一个最标准的余姚人。一路上还一直在后悔,没有在上林湖里拣取几块碎瓷片随身带着,作为纪念。

三

我到上海是为了考中学。父亲原本一个人在上海工作,我来了之后不久全家都迁移来了,从此,回故乡的必要性和可能性都已不大,故乡的意义也随之越来越淡,有时,淡得几乎看不见了。

摆脱故乡的第一步是摆脱方言。

余姚虽然离上海不远,但余姚话和上海话差别极大,我相信一个纯粹讲余姚话的人在上海街头一定步履维艰。余姚话与它的西邻绍兴话、东邻宁波话也不一样,记得当时在乡下,从货郎、小贩那里听到几句带有绍兴口音或宁波口音的话,孩子们都笑弯了腰,一遍遍夸张地模仿和嘲笑着,嘲笑天底下怎么还有这样不会讲话的人。村里的老年人端然肃然地纠正着外乡人的发音,过后还边摇头边感叹,说外乡人就是笨。

这种语言观念,自从我踏上火车就渐渐消解。因为我惊讶地发现,那些非常和蔼地与我交谈的大人们听我的话都很吃力,有时甚至要我在纸上写下来他们才恍然大悟,哈哈大笑。笑声中,我讲话的声音越来越小,到后来甚至不愿意与他们讲话了。

到了上海,几乎无法用语言与四周沟通,成天郁郁寡欢。有一次大人把我带到一个亲戚家里去,那是一个拥有钢琴的富有家庭,钢琴边坐着一个比我小三岁的男孩儿,照辈分我还该称呼他表舅舅。我想同样是孩子,又是亲戚,该谈得起来了吧,他见到我也很高兴,友好地与我握手。但是才说了几句,我能听懂他的上海话,他却听不懂我的余姚话,彼此扫兴,各玩各的了。

最伤心的是我上中学的第一天,老师不知怎么偏偏要我站起来回答问题。我红着脸憋了好一会儿终于把满口的余姚话倾泻而出，我相信当时一定把老师和全班同学都搞糊涂了，完全不知道我在说什么。

等我说完，憋住的是老师。他不知所措的眼光在厚厚的眼镜片后一闪，终于转化出和善的笑意，说了声"很好，请坐"。这下轮到同学们发傻了，老师说了"很好"？他们以为上了中学都该用这种奇怪的语言回答问题，全都慌了神。

幸亏当时十岁刚出头的孩子们都非常老实，同学们一下课就与我玩，从不打听我的语言渊源，我也就在玩耍中快速地学会了他们的口音。仅仅一个月后，当另外一位老师叫我站起来回答问题的时候，我说出来的已经是一口十分纯正的上海话了。短短的语言障碍期跳跃得如此干脆，以至于我的初中同学直到今天还没有一个人知道，我是从余姚赶到上海来与他们坐在一起的。

这件事现在回想起来仍感到非常惊讶。我竟然一个月就把上海话学地道了，而上海话又恰恰是特别难学的。

上海话的难学不在于语言的复杂而在于上海人心态的怪异。广东人能容外地人讲极不标准的广东话，北京人能容忍羼杂着各地方言的北京话，但上海人就不允许别人讲不伦不类的上海话。有人试着讲了，几乎所有的上海人都会求他"帮帮忙"，别让他们的耳朵受罪。这一帮不要紧，使得大批在上海生活了四十多年的"南下干部"至今不敢讲一句上海话。我之所以能快速学会是因为年纪小，语言敏感强而自羞敏感弱，结果反而无拘无碍，一学就会。

我从上海人自鸣得意的心理防范中一头窜了过去，一下子也成了上海人。有时也想，上海人凭什么在语言上自鸣得意呢？他们的前辈几乎都是从外地闯荡进来的，到了上海才渐渐甩掉四方乡音，归附上海话；而上海话又并不是这块土地原本的语言，原本的语言是松江话、青浦话、浦东话，却为上海人所耻笑。上海话是一种类似于"人造蟹肉"之类的东西，却能迫使各方来客进入它的盘碟。

一个人或一个家庭一旦进入上海就等于进入一个魔圈，要小心翼翼地洗刷掉任何一点儿非上海化的印痕，特别是乡音的遗留。我刚到上海那会儿，街市间还能经常听到一些年纪较大的人口中吐出宁波口音或苏北口音，但这种口音到了他们下一代基本上就不存在了。现在，你已经无法从一个年轻的上海人的谈吐中判断他的原籍所在。

　　我天天讲上海话，后来又把普通话作为交流的基本语言，余姚话隐退得越来越远，最后已经很难从我口中顺畅吐出了。我终于成为一个基本上不大会说余姚话的人，只有在农历五月杨梅上市季节，上海的水果摊把一切杨梅都标作余姚杨梅在出售的时候我会稍稍停步，用内行的眼光打量一下杨梅的成色，脑海中浮现出上林湖的水光云影。但一转眼，我又汇入了街市间雨点儿般的脚步。

　　故乡，就这样被我丢失了。

　　故乡，就这样把我丢去了。

四

　　重新拣回故乡是在上大学之后，但拣回来的全是碎片。我与故乡做着一种捉迷藏的游戏：好像是什么也找不到了，突然又猛地一下直竖在眼前，正要伸手去抓却又空空如也，一转身它又在某个角落出现……

　　进大学后不久就下乡劳动。那乡下当然不是我的故乡，我痴痴地看着与故乡一样的茅舍小河，一样的草树庄稼。正这么看着，一位一起下乡来劳动的书店经理站到了我身边，轻轻问我："你是哪儿人？"

　　"余姚。浙江余姚。"我答道。

　　"王阳明的故乡，了不得！"当年的书店经理有好些是读了很多书的人，他好像被什么东西点燃了，突然激动起来，"你知道吗，日本有一位大将军一辈子裤腰带上挂着一块牌，上面写着'一生崇拜王阳明'！连蒋介石都崇拜王阳明，到台湾后把草山改成阳明山！你家乡，现在大概只剩下一所阳明医院了吧？"

　　我正在吃惊，一听他说阳明医院就更慌张了。"什么？阳明医院？那是纪念王阳明的？"原来我从小不断从村民口中听到的"养命医院"，竟然是这么回事！

　　我顾不得书店经理了，一个人在田埂上呆立着，为王阳明叹息。他狠狠地为故乡争了脸,但故乡并不认识他,包括我在内。我,王阳明先生,比你晚生五百多年的同乡学人,能不能开始认识你,代表故乡,代表后代,来表达一点儿歉仄?

从此我就非常留心有关王阳明的各种资料。令人生气的是,当时大陆几乎所有的书籍文章只要一谈及王阳明都采取否定的态度,理由是他在哲学上站在唯心主义这边,在政治上站在农民起义对立面,是双料的反动。对此,我不想做学术上的声辩,只觉得有一种非学术的卫护本能从心底升起:怎么能够这样欺侮我们余姚人!

我点点滴滴地搜集与他有关的一切,终于越来越明白:即使他不是余姚人,我也会深深地敬佩他;而正因为他是余姚人,我由衷地为故乡骄傲。

中国历史上能文能武的人很多,但在两方面都臻于极致的却寥若晨星。三国时代曹操、诸葛亮都能打仗,文才也好,但在高层哲理的创建上毕竟未能俯视历史;身为文化大师而又善于领兵打仗的有谁呢?宋代的辛弃疾算得上一个,但总还不能说他是杰出的军事家。好像,一切都要等到王阳明的出现。

王阳明是无可置疑的军事天才。他打过起义军,也打过叛军,打的都是大仗。从军事上说,都是独具谋略、干脆利落的漂亮动作,也是当时全国最重要的军事行为。明世宗封他为"新建伯",就是表彰他的军事贡献。

我有幸读到过他在短兵相接的前线写给父亲的一封问安信,这封信,把连续的恶战写得轻松自如,把复杂的军事谋略说得如同游戏,把自己在瘴疠地区得病的事更是一笔带过,满纸都是大将风度。

《明史》说,整个明代,文臣用兵,没有谁能与他比肩。这当然是不错的,但他又不是一般的文臣,而是中国历史上屈指可数的几个大哲学家之一。因此,他的特殊性就远不止在明代了。

我觉得文臣用兵真正用到家的还有清代的曾国藩,曾国藩的学问也不错,但与王阳明独建心学的成就相比,显然还差了一大截。

王阳明一直被人们诟病的哲学,在我看来是中华民族智能发展史上的一大成就,能够有资格给予批评的人其实并不太多。请随便听一句:

你未看此花时,此花与汝同归于寂;你来看此花时,则此花颜色一时明白起来……

这是多高超的悟性，多精致的表达！我知道有不少聪明人会拿着花的"客观性"来反驳他，但那又是多么笨拙的反驳啊！又如他提出的"致良知"的千古命题，对教条如此轻视，而对人类共通本性却抱有如此信心。凡此种种，对我来说，只有恭敬研习的份儿。

王阳明夺目的光辉，也使他受了不少难。他入过监狱，挨过廷杖，遭过贬谪，逃过暗算，受过冷落，但他还要治学讲学，匡时济世，终生是一个奔波九州的旅人，最后病死在江西南安的船上，只活了五十七岁。临死时学生问他遗言，他说："此心光明，亦复何言！"

王阳明一生指挥的战斗正义与否，他的哲学观点正确与否，都可以讨论。但谁也不能否定，他是一个特别强健的人。我为他骄傲，首先就在于此。能不能碰上打仗是机遇问题，但作为一个强健的人，即使不在沙场，也能在文化节操上坚韧得像个将军。

我在王阳明身上看到了一种楷模性的存在，但是为了足以让自己的生命安驻，还必须补充范例。翻了几年史籍，发现在王阳明之后最让我动心的很少几位大师中，仍有两位是余姚人，他们就是黄宗羲和朱舜水。

黄宗羲和朱舜水，都可称为满腹经纶的血性汉子。生逢乱世，他们用自己的嶙峋傲骨，支撑起了全社会的人格坐标。因此，乱世也就获得了一种精神引渡。

黄宗羲先生的事迹我在以前的文章中已多次提到，可知佩服之深，今天还想说几句。你看他十九岁那年在北京，为报国仇家恨，手持一把铁锥，见到魏忠贤余孽就朝他们脸上刺过去，一连刺伤八人，把整个京城都轰动了。这难道就是素称儒雅的江南文士吗？是的，浑身刚烈，足以让齐鲁英雄、燕赵壮士也为之一震。在改朝换代之际，他又敢于召集义军、结寨为营。失败后立即投身学术，很快以历史学泰斗和百科全书式的文化巨人形象，巍然挺立。

朱舜水也差不多，在刀兵行伍间奔走呼唤多年而未果，毅然以高龄亡命海外，把中国文化最深致的部分向日本弘扬，以连续二十余年的努力创造了亚洲文化发展史上的宏大业绩。白发苍苍的他一次次站在日本的海边向西远望,泣不成声。他至死都在想念着家乡,而虔诚崇拜他的日本民众却把他的遗骨和坟墓,永久性地挽留住了。

梁启超在论及明清学术界王阳明、朱舜水、黄宗羲家族和邵晋涵家族时,不能不对余姚钦佩不已了。他说:

> 余姚以区区一邑,而自明中叶迄清中叶二百年间,硕儒辈出,学风沾被全国以及海东。阳明千古大师,无论矣;朱舜水以孤忠羁客,开日本德川氏三百年太平之局;而黄氏自忠端以风节厉世,梨洲、晦木、主一兄弟父子,为明清学术承先启后之重心;邵氏自鲁公、念鲁公以迄二云,世间崛起,绵绵不绝……生斯邦者,闻其风,汲其流,得其一绪则足以卓然自树立。

梁启超是广东新会人,他从整个中国文化的版图上来如此激情洋溢地褒扬余姚,并没有同乡自夸的嫌疑。我也算是梁启超所说的"生斯邦者"吧,曾经"闻其风,汲其流",不禁自问,那究竟是一种什么"风"、什么"流"呢?

我想,那是一种神秘的人格传递。而这种传递,又不是直接的,而是融入到了故乡的山水大地、风土人情,无形而悠长。这使我想起范仲淹的名句:

> 云山苍苍,江水泱泱,先生之风,山高水长。

写下这十六个字后我不禁笑了,因为范仲淹的这几句话是在评述汉代名士严子陵时说的,而严子陵又是余姚人。对不起,让他出场实在不是我故意的安排。

由此,我觉得真正找到了自己的故乡。

岁月之味

"生命是一条江,发源于远处,蜿蜒于大地,上游是青年时代,中游是中年时代,下游是老年时代。上游狭窄而湍急,下游宽阔而平静。什么是死亡?死亡就是江河入大海,大海接纳了江河,又结束了江河。"

年龄的季节

至今记得初读比利时作家梅特林克《卑微者的财宝》时受到的震动。梅特林克认为,一个人突然在镜前发现了自己的第一根白发,其间所蕴含的悲剧性,远远超过莎士比亚式的决斗、毒药和暗杀。

这种说法是不是有点儿危言耸听?开始我深表怀疑,但在想了两天之后终于领悟。第一根白发人人都会遇到,谁也无法讳避。因此,这个悲剧似小实大,简直是天网恢恢、疏而不漏。而决斗、毒药和暗杀,只是偶发性事件。这种偶发性事件能快速置人于死地,但第一根白发却把生命的起点和终点连成了一条绵长的逻辑线,人生的任何一段都与它相连。

人生的过程少不了要参与外在的事功,但再显赫的事功也不应导致本末倒置,忽略了人生的本真。莱辛说,一位女皇真正动人之处,是她隐约在堂皇政务后面那个作为女儿、妻子或母亲的身份。因此莱辛认为一个艺术家的水平高低,就看他能否直取这种身份。狄德罗则说,一位老人巨大的历史功绩,在审美价值上还不及他与夫人临终前的默默拥抱。

其实岂止在艺术中,在普遍的人际交往中又何尝不是如此?在我看来,一个自觉自明的人,也就是把握住了人生本味的人。

因此,谁也不要躲避和掩盖一些最质朴、最自然的人生课题,如年龄问题。再高的职位,再多的财富,再大的灾难,比之于韶华流逝、岁月沧桑、长幼对视、生死交错，都成了皮相。北雁长鸣，年迈的帝王和年迈的乞丐一起都听到了；寒山扫墓，长辈的泪滴和晚辈的泪滴却有个同的重量。

也许你学业精进、少年老成，早早地跻身醇儒之列，或统领着很大的局面，这常被视为"成功"。但这很可能带来一种损失——失落了不少有关青春的体验。你过早地选择了枯燥和庄严，艰涩和刻板，就这么提前走进了中年。

也许你保养有方、驻颜有术，如此高龄还是一派中年人的节奏和体态，每每引得无数同龄人的羡慕和赞叹。但在享受这种超常健康的时候应该留有余地，因为进入老年也是一种美好的况味。何必吃力地搬种夏天的繁枝，来遮盖晚秋的云天。

什么季节观什么景，什么时令赏什么花，这才完整和自然。如果故意地大颠大倒，就会把两头的况味都损害了。"暖冬"和"寒春"都不是正常的天象。

这儿正好引用古罗马西塞罗的一段话：

> 一生的进程是确定的，自然的道路是唯一的，而且是单向的。人生每个阶段都被赋予了适当的特点：童年的孱弱、青年的剽悍、中年的持重、老年的成熟，所有这些都是自然而然的，按照各自特性属于相应的生命时期。

真正的人生大题目就在这里。

青年的陷阱

上面几个外国故事，都揭示了人生的重大悖论。这些悖论很难找到解决的方法，因此人生在本质上是一个悲剧。

经常听到一些人得意扬扬地宣称，他们的人生充满快乐，而且已经找到快乐和幸福的秘方。很多传媒、书籍也总是在做这方面的文章。浅薄的嬉闹主义，已经严重地渗透到我们的文化机体。这就像在饮食中糖分摄入过度，种下了一系列致命的病根。

我在审美心理学的研究中早已得出结论：在审美视角上，喜剧出自于对生活的俯视，正剧出自于对生活的平视，悲剧出自于对生活的仰视。只有那些"似喜实悲"的作品，兼具多重视角。

这也就是说，一切欢乐的宣言、嬉闹的作品，对生活的态度是俯视的，居高临下的。嬉闹作品中那些喜剧角色为什么被观众嘲笑？因为他们的水平都低于观众，观众在"看破"他们的同时，享受着自己的聪明。

相反，一切悲剧的情怀、悖逆的思维、无解的迷惘，都是因为仰视。茫茫天宇永远笼罩着毁灭的气氛，少数壮士却在扶助其他生命，这就是伟大和崇高的踪影。

因此，我们不要嘲谑这几个外国故事的悲剧色彩、无解状态。它们拒绝对人生进行轻薄的读解、廉价的鼓励，而是坦诚地挖掘出了其中一层又一层的苦涩之味，指点出了其中一个又一个的重大陷阱。

如果中国读者不习惯这种深度，那么，责任不在于故事的作者。

在人生诸多重大陷阱中，哪一个阶段的陷阱最大，最险，最关及长远，最难于弥补？

这几个故事不约而同地指出：青年时代。

但是，在现实生活中，我们听到的，都是对青年时代的赞美。什么朝气蓬勃、意气风发、风华正茂、英姿飒爽……滔滔不绝。

我认为，这事在中国，有特殊的文化原因。中国传统文化立足于"家族传代伦理"，表面上虽然十分讲究孝道，但立即又跟上一个最重大的阐释："不孝有三，无后为大。"这就是说，孝道的终点是传宗接代。家族与家族之间的比较、纷争、嫉妒、报复，都与子孙的状态有关。祖业的荣衰存废，也都投注给了青年。因此，赞美青年，也等于赞美整个家族、全部祖业。即便表面上还"训导严正"，实际上，千年传代气氛的核心，就是赞美中的期盼，赞美中的比赛，赞美中的赌押，赞美中的显摆。赞美祖辈大多是口头上的，而赞美青年却贯串在全部眼神、笑容和梦呓之间。

为了打破这种代代承续的保守性，有些社会改革家希望把青年从一个陈旧结构中拉出来，成为除旧布新的闯将，于是也从另一个方面来赞美青年。社会改革未必成功，但那些赞美却留了下来。

比较可以原谅的，是一些老人。他们以赞美青年时代的方式，来表达自己对已逝青春的怀念，或者说，以失落者的身份追寻失落前的梦幻。

老人赞美青年时代，大多会犯一个错误，那就是断言青年时代有"无限的可能性"。其实，那是因为后悔自己当初的错误选择，就把记忆拉回到那个尚未选择定当、因此还有其他可能性的时代。但是，青年人常常读错，以为"无限的可能性"会一直跟随自己，一一变成现实。

其实我们应该诚实地告诉青年人，所有的可能性落在一个具体人物的具体时间、具体场合，立即会变成窄路一条。错选了一种可能性，也就立即失去了其他可能性。当然，今后还能重选，但在重重叠叠的社会关系和职业竞争中，那是千难万难。绝大多数青年人，会把那条窄路走下去，或者更换一条窄路，走得很辛苦。

正是在青年时代，锁定了自己的人生格局。由于锁定之时视野不够，知识不够，等级不够，对比不够，体会不够，经验不够，因此多数锁定都是错位。就像前面那个俄国故事所说的，至关重要的"初恋"发生在主人公既不认识生活，更不认识对方，也不认识自己的时代，要想不错几乎没有可能。今后能做什么？有可能改变错位，但已经要付出惊人的代价，因此很多人常常延续错位，最多只是争取不要错得过于离谱罢了。

本来这是严酷的事实，应该引导青年人冷静认识，逐步接受。并且告诉他们，在很难改变境遇的情况下，应该在青年时代好好地陶冶品德，锻铸人格，由此来提高一生的精神等级。今后即使过得艰难，也会是不一样的人生。但是，世间对青年的赞美习惯，冲击了这一切。

这情景就像一个锻铸场。火炉早已燃起，铸体已经烧红，正准备抡锤塑型，谁料突然山洪暴发，场内场外都涌来大量水潮。火炉熄灭了，铸体冷却了。被浑水一泡，被泥污一裹，它们再也不能成材。

这是一个比喻。青年就像那刚刚要锻铸的铁体，而滔滔不绝的赞美，就是那山洪，那浑水。锻铸过程刚刚开始，甚至还没有正式开始，就中断了。于是，这样的青年，在今后的人生长途中就"废"了。

是的，我们很少看到青年在进行着严格的品格锻铸。经常见到的，是他们在种种赞美和宠溺中成了一群"成天兴奋不已的无头苍蝇"，东冲西撞，高谈阔论，指手画脚，又浑浑噩噩，不知省悟。他们的人生前途，不言而喻。

经常听到一些长者在说："真理掌握在青年人手里。"理由呢？没有说。我总觉得，这多半是一种笼络人心的言语贿赂，既糟蹋了青年，又糟蹋了真理。

青年人应该明白，在你们出生之前，这个世界已经非常复杂、非常诡异、非常精彩地存在了很久很久。你们，还没有摸到它的边。不要说真理之门了，就是懂事之门，离你们还非常遥远。请不要高声喧哗，也不要拳打脚踢。因为这在你们以后的长途上，都会成为稳定的模式、永恒的耻辱、公众的记忆，想抹，也抹不去。

中年的重量

与青年不同，中年，是诸多人生责任的汇集地。

中年，不像青年那样老是受到赞美，也不像老年那样老是受到尊敬。但是，这是人生的重心所在，或用阿基米德的说法，是支点所在。

中年的主要特点，是当家。这里所说的当家，并不完全是指结婚和做官，但确实也包括在家庭内外充当"负责的主人"。

这实在很难。然后，如果你永远没有这种机会，那就称不得进入了中年，也称不得进入了人生关键部位。因此，必须千方百计，学习当家。

当家，是最后一次精神断奶。你由此成了社会结构中独立的一个点，诸力汇注，众目睽睽，不再躲闪，不可缺少。当家，使你空前强大又孤立无援，因为你已经有权决定很多重大问题，关及他人命运。

中年女子如果在当过了家庭主妇之后，再当一次社会上的"大家"，那就有可能洗刷琐屑而变得大气。中年男子当家，则会使人们产生安全感，从而形成一种稳定而可信的"被依靠风范"。

见过不少智商不低的中年文人，他们的言论常常失之于偏激，他们的情绪常常受控于谣传，他们的主张常常只图个痛快，他们的判断常常不符合实情。他们的这些毛病，阻隔了一个成熟生命与外部世界的联系，剥夺自己的一系列生命权利，非常令人不忍。如果发现他们人品不错，能力尚可，我就会建议他们，无论如何当一次家，哪怕是提任一个业务部门的经理，一个建筑工地的主管，一个居民小组的组长，都是好的。

我见过很多高谈阔论的"意见领袖",既有学历,又有专业,但由于没有当过家,因此也没有进入真正成熟的中年。他们的特点,大多是用刻板的概念来解释生活,用简陋的分割来从事学术,用夸张的激情来挑动舆情。他们满脑了都是 条条线,一个个圈,一堆堆是非,一重重攻击,弄得别人很累,自己也累。如果他们当了家,很快就会发现,一切都交叉驳杂,一切都快速变化。他们会切实地面对各种具体现象,灵活地解决各种麻烦问题,结果,他们自己也就从烦琐走向空灵,从沉闷走向敞亮,从低能走向高能。这就是当家所带来的人生成果,可说是"当家的中年",或说"中年的当家"。

中年人最可怕的是失去方寸。这比青年人和老年人的失态有更大的危害。中年人失去方寸的主要特征是忘记了自己的应该当家的身份。一会儿要别人像对待青年那样关爱自己,一会儿又要别人像对待老人那样尊敬自己,他永远生活在中年之外的两端。明明一个大男人却不能对稍稍大一点儿的问题做出决定,出了什么事情又逃得远远的,不敢负一点儿责任。在家里,他们训斥孩子就像顽童吵架,没有一点儿身为人父的慈爱和庄重。对妻子,他们也会轻易地倾泻出自己的精神垃圾来酿造痛苦,全然忘却自己是这座好不容易建造起来的情感楼宇的顶梁柱。甚至对年迈的父母,他们也会赌气怄气,极不公平地伤害着与自己密切相关却已走向衰弱的身影。

这也算中年人吗?真让人惭愧。

我一直认为,某个时期,某个社会,即使所有的青年人和老年人都荒唐了,只要中年人不荒唐,事情就坏不到哪里去。中年人最大的荒唐,就是忘记了自己是中年。

忘记自己是中年,可能是人生最惨重的损失。在中年,青涩的生命之果已经发育得健硕丰满,喧闹的人生搏斗已经沉淀成雍容华贵,多重的社会责任已经溶解为生活情态,矛盾的身心灵肉已经协调地把握在自己的手中。

中年总是很忙,因此中年也总是过得飞快。来不及自我欣赏,就到了老年。匆忙中的中年之美,由生命自身灌溉,因此即便在无意间也总是体现得真实和完满。失去了中年之美,紧绷绷地延期穿着少女健美服,或者沙哑哑地提早打起了老年权威腔,实在太不值得。作弄自己倒也罢了,活生生造成了自然生态的颠倒和浪费,真不应该。

老年的诗化

终于到了老年。

老年是如诗的年岁。这种说法不是为了奉承长辈。

中年太实际、太繁忙，在整体上算不得诗。青年时代常常被诗化，但青年时代的诗太多激情而缺少意境，而缺少意境就算不得好诗。

只有到了老年，沉重的人生使命已经卸除，生活的甘苦也大体了然，万丈红尘移到了远处，宁静下来了的周际环境和逐渐放慢了的生命节奏，构成了一种总结性、归纳性的轻微和声。于是，诗的意境出现了。

除了部分命苦的老人，在一般情况下，老年岁月总是比较悠闲。老年，有可能超越功利面对自然，更有可能打开心扉纵情回忆，而这一切，都带有诗和文学的意味。老年人可能不会写诗，却以诗的方式生存着。看街市忙碌，看后辈来去，看庭花凋零，看春草又绿，而思绪则时断时续、时喜时悲、时真时幻。

当然，他们也会产生越来越多的生理障碍。但是，即便障碍也有可能构成一种特别深厚的审美形态，就像我们面对枝干斑驳的老树，老树上的枯藤残叶在夕阳下微笑一般。

我想，对老年人最大的不恭，是故意讳言他的老。好像老有什么错，丢了什么丑。一见面都说"不老，不老"，这真让老人委屈。

既然"不老"，那就要老人们继续站在第一线了。中国的儒家传统又提供了"以老为上"的价值坐标，使很多老人在退休之后仍占据着很大的决定权、最后的裁决权。这种与实际工作能力已经脱节的权力，反而会把老人折腾得失控、失态，成为社会的一个负担。

对此，我曾有过切身体验。很多年前，在上海的一次创作活动中，我们像很多中国人一样，不必要地延请了一位已经没有参加能力的老人挂名，并且处处给予过分的尊重。这使老人产生了某种错乱，拿着一些小事大发雷霆。其他不知内情的老人出于年龄上的移情和敏感，也以为他受了中年人的欺侮，纷纷支援。结果，大家都不知道如何来收拾这一场"银发闹剧"。就在这时，一位比他们更老的长者黄佐临先生站出来了，三言两语就平息了事端。

黄佐临先生以自己的"高龄特权"，制服了比他低几层的"高龄特权"，真可谓"以物克物，以老降老"。我在这一事件中，第一次惊叹高龄的神奇魅力。月白风清间，一双即将握别世界的手，指点了一种诗化的神圣。

从这个意义上说，老人，有可能保持永久的优势，直到他们生命终了。

谈老年，避不开死亡的问题。

不少人把死亡看成是人生哲学中最大的问题，是解开生命之谜的钥匙，此处不做评述。我感兴趣的只是，有没有可能让死亡也走向诗化？

年迈的曹禺照着镜子说，上帝先让人们丑陋，然后使他们不再惧怕死亡。这种说法非常机智，却过于悲凉。

见一位老人在报刊上幽默地发表遗嘱，说自己死后只希望三位牌友聚集在厕所里，把骨灰向着抽水马桶倾倒，一按水阀，三声大笑。这是一种潇洒，但潇洒得过于彻底，实在是贬低了生命之尊。

我喜欢罗素的一个比喻。仅仅一个比喻就把死亡的诗化意义挖掘出来了，挖掘得合情合理，不包含任何廉价的宽慰。

罗素说，生命是一条江，发源于远处，蜿蜒于大地，上游是青年时代，中游是中年时代，下游是老年时代。上游狭窄而湍急，下游宽阔而平静。什么是死亡？死亡就是江河入大海，大海接纳了江河，又结束了江河。

真是说得不错，让人心旷神怡。

涛声隐隐，群鸥翱翔。

一个真正诗化了的年岁。

"石一歌"事件

> 真正的强健不是呼集众人,追随众人,而是逆反众人,然后影响众人。"大勇似怯","大慈无朋"。

一

二十世纪末,最后那个冬天。我考察人类古文明四万公里,已由中东抵达南亚、中亚之间。处处枪口,步步恐怖,生命悬于一线。

那天晚上,在巴基斯坦、阿富汗边境,身边一个伙伴接到长途电话,然后轻声告诉我,国内有一个也姓余的北大学生,这两天发表文章,指控我在"文革"时期参加过一个黑帮组织,叫石什么。

"石什么?"我追问。

"没听清,电话断了,"伙伴看我一眼,说,"胡诌吧,那个时候,怎么会有黑帮组织,何况是您……"

还没说完,几个持枪的男人走近了我们。那是这里的黑帮组织。

二

终于活着回来了。

各国的邀请函件多如雪片,要我在世纪之交去演讲亲眼所见的世界,尤其是恐怖主义日渐猖獗的情况。

但在国内,多数报纸都在炒作那个北大学生的指控。我也弄清楚了,他是说我在"文革"中参加过一个叫"石一歌"的写作组,没说是黑帮组织,却加了一顶顶令人惊悚的大帽子。

"石一歌？"

这我知道，那是周恩来总理的事儿。

一九七一年十月十日下午，他到上海启动文化重建，布置各大学的中文系复课，先以鲁迅作品为教材。由于那年正好是鲁迅诞辰九十周年、逝世三十五周年，他又要求上海的各个高等院校带头写鲁迅传记、研究鲁迅。于是，上海先后成立了两个组，一是设在复旦大学的《鲁迅传》编写小组，二是设在作家协会的鲁迅研究小组，都从各个高校抽人参加。我参加过前一个小组，半途离开。"石一歌"，是后一个小组的名字。

我不清楚的是，这后一个小组究竟是什么时候成立的，有哪些人参加，写过哪一些研究鲁迅的文章。

我更不清楚的是，"石一歌"怎么突然变成了一个恶名，而且堆到了我头上，引起那么多报刊的声讨？

估计有人指挥，又契合了世纪之交的文化颠覆狂潮。

按照常理，我应该把事情讲清楚。但是，遇到了三大困难。

一、狂潮既起，自己必然百口莫辩，只能借助法律，但这实在太耗时间了。我考察人类各大文明得出的结论，尤其是对世界性恐怖主义的提醒，必须快速到各国发表，决不能因为个人的名誉而妨碍大事。

二、狂潮既起，真正"石一歌"小组的成员哪里还敢站出来说明？他们大多是年迈的退休教授，已经没有体力与那些人辩论。我如果要想撇清自己，免不了要调查和公布那个小组成员的名单，这又会伤着那些老人。

三、要把这件事情讲清楚，最后只能揭开真相：那两个小组都是根据周恩来总理的指示成立的。但这样一来，就会从政治上对那个北大学生带来某种终身性的伤害。其实周恩来启动文化重建的时候，他还是牙牙学语的孩童，现在只是受人唆使罢了。这一想，又心疼了。

于是，我放弃自辩，打点行李，应邀到各地讲述《各大文明的当代困境》。但是，不管是在世界哪个角落，前来听讲的华文读者都会问我"石一歌"的事情。

"石一歌？"……

"石一歌？"……

原来，围绕着这古怪的三个字，国内媒体如《南方周末》《文学报》等等已经闹得风声鹤唳。两位住在南非的读者还一次次转弯抹角带来好意："到我们这儿来吧，离他们远，很安静……"

冒领其名几万里，我自己也越来越好奇，很想知道这三个字背后的内容。但是，那么多文章虽然口气狞厉，却没有一篇告诉我这三个字做过什么。

时间一长，我只是渐渐知道，发起这一事件的，姓孙，一个被我否决了职称申请的上海文人；闹得最大的，姓古，一个曾经竭力歌颂我而被我拒绝了的湖北文人；后期加入的，姓沙，一个被我救过命，却又在关键时刻发表极"左"言论被我宣布绝交的上海文人。其他人，再多，也只是起哄而已。

他们这三个老男人，再加上那个学生，怎么闹出了这么大的局面？当然是因为传媒。

三

好奇心是压抑不住的。

虽然我不清楚"石一歌"小组的全部成员，却也知道几个。我很想找到其中一两个聊聊天，请他们告诉我，这个鲁迅研究小组成立后究竟写过什么文章。

可惜，"石一歌"小组集中发表文章的时候，我都隐藏在浙江山区，没有读到过。记得有一次下山觅食，在小镇的一个阅报栏里看到一篇署有这个名字的文章，但看了两行发现是当时的流行套话，没再看下去。因此现在很想略作了解，也好为那些担惊受怕的退休教授们说几句话。

那次我从台湾回上海，便打电话给一位肯定参加过这个组的退休教授。教授不在家，是他太太接的电话。

我问：那个小组到底是什么时候成立的？当时有哪些成员？

没想到，教授太太在电话里用哀求的声音对我说："那么多报刊，批判成这样，已经说不清。我家老头很脆弱，又有严重高血压，余先生，只能让您受委屈了。"

我听了心里一哆嗦，连忙安慰几句，就挂了电话，并为这个电话深感后悔。这对老年夫妻，可能又要紧张好几天了。

这条路断了，只能另找新路。

但是，寻"石"之路，并不好找。

要不，从进攻者的方向试试？

终于，想出了一个好主意。

我在报刊上发表了一个"悬赏"，堂而皇之地宣布：那几个进攻者只要出示证据，证明我曾经用"石一歌"的署名写过一篇、一段、一节、一行、一句他们指控的那种文章，我立即支付自己的全年薪金，并把那个证据在全国媒体上公开发表。同时，我还公布了处理这一"悬赏"的律师姓名。

这个"悬赏"的好处，一是不伤害"石一歌"，二是不伤害进攻者。为了做到这两点，我真是花了不少心思。

《南方周末》没有回应我的"悬赏"，却于二〇〇四年发表了一张据说是我与"石一歌"成员在一起的照片，照片上除了我还有两个人，其中一个就是那个姓孙的发动者。照片一发，《南方周末》就把"石一歌"的话题绕开，转而声言，这个姓孙的人"清查"过我的"文革问题"。于是，又根据他提供的"材料"进行"调查"，整整用了好几个版面，洋洋洒洒地发表。虽然也没有"调查"出我有什么问题，但是，读者总是粗心的，只是强烈地留下了我既被"清查"又被"调查"的负面影响，随着该报一百多万份的发行量，覆盖海内外。

寻"石"之路，居然通到了这么一个险恶的大场面。

按照中国的惯例，"喉舌"撑出了如此架势，那就是"定案"，而且是"铁案"。

但是，在英国《世界新闻报》出事之后，我觉得有必要向《南方周末》的社长请教一些具体问题。

这些问题，当初我曾反复询问过该报的编辑记者，他们只是简单应付几句，不再理会。据我所知，也有不少读者去质问过，其中包括一些法律界人士，该报也都不予回答。但是，今天我还是要劝你，尊敬的社长，再忙，也要听一听我下面提出的这些有趣问题。

四

　　第一个问题：贵报反复肯定那个孙某人的"清查"，那么请问，是谁指派他的？指派者属于什么机构？为什么指派他？他当时是什么职业？有工作单位吗？

　　第二个问题：如果真的进行过什么"清查"，这个人怎么会把"材料"放在自己家里？他是档案馆馆长吗？是人事局局长吗？如果是档案馆馆长或人事局局长，就能截留和私藏这些档案材料吗？

　　第三个问题：他如果藏有我的"材料"，当然也一定藏有别人的"材料"，那么，"别人"的范围有多大？他家里的"档案室"有多大？

　　第四个问题：这些"材料"放在他家里，按照他所说的时间，应该有二十七年了。这么长的时间，是谁管理的？是他一人，还是他家里人也参加了管理？有保险箱吗？几个保险箱？钥匙由谁保管？

　　第五个问题：我在二十世纪八十年代担任高校领导很多年，级别是正厅级，当时上级机关考察和审查官员的主要标准，恰恰是"文革表现"，而且严之又严。他既然藏有"清查"的"材料"，为什么当时不向我的上级机关移送？是什么理由使他甘冒"包庇""窝藏"之罪？

　　第六个问题：他提供的"材料"是原件，还是抄件？如果是原件，有哪个单位的印章吗？

　　第七个问题：如果是抄件，是笔抄，还是用了复写纸？有抄写者的名字吗？

　　第八个问题：这些"材料"现在在哪里？如果已经转到了贵报编辑部，能让我带着我的律师，以及上海档案馆、上海人事局的工作人员，一起来看一眼吗？

　　第九个问题：如果这些"材料"继续藏在他家里，贵报能否派人领路，让我报请警官们搜检一下？

　　……

　　先问九个吧，实在不好意思再问下去了。

　　我不知道社长是不是明白：这里出现的，从一开始就不是什么"历史问题"，而极有可能是刑事案件。因为伪造文书、伪造档案，在任何国家都是重大的刑事犯罪。

说"伪造文书""伪造档案",好像很难听,但是社长,你能帮我想出别的可能来吗?我愿意一听。

当然也可能是"盗窃档案",但概率不大。因为要盗窃,必定有被盗的机关。那是什么机关?被盗后有没有发现?有没有追缉?我曾经询问过上海的档案机关和公安机关,他们粗粗一想,似乎没有发现类似的案底。

那么,更大的可能是伪造了。但仔细一想,伪造要比盗窃麻烦多了,为什么要费那么大的功夫去做?是一次性伪造,还是伪造了多次?贵报的人员有没有参与?

我这样问有点儿不礼貌,但细看贵报,除了以"爆料"的方式宣扬那次奇怪的"清查"外,还"采访"了很多"证人"来"证明"我的"历史"。但是这么多"证人",为什么没有一个是我熟悉的?熟悉我的人,为什么一个也没有采访?这种事,总不能全赖到那个姓孙的人身上吧?

据一些熟悉那段历史的朋友分析,第一次伪造,应该发生在十一届三中全会否定"文革"之后,他们匆忙销毁了大量的材料,只能用伪造来填补;第二次伪造,应该发生在我出任上海市教授评审组组长一再否决了他们的职称申请之后;第三次伪造,应该发生在不少文人和媒体突然都要通过颠覆名人来进行自我表演的时候。当然,如果贵报涉嫌参与,不会是第一、第二次。

除了这件事,贵报十几年来还向我发起过好几拨规模不小的进攻,我都未回一语。今天还想请社长顺便查一查,这些进攻中,有哪几句话是真实的?如果查出来了,哪怕一句两句,都请告诉我。

五

在"石一歌"事件上,比《南方周末》表现得更麻辣的,是香港的《苹果日报》。

香港《苹果日报》二〇〇九年五月十五日A19版发表文章,说我在文章中参加过"石一歌"写作小组,那就等于"以笔杆子整人、杀人"。

一看就知道,这种荒唐可笑的批判方式,倒是真正的"文革笔法",我立即判断出自当时正流落在香港的一个钱姓文人。奇怪的是，《苹果日报》为什么会突然对我失去理智，又给我戴上了"石一歌"的破帽？细看文章，原来，他们针对的是我在汶川"5·12"地震后发表的一段话。我这段话的原文如下：

> 有些发达国家，较早建立了人道主义的心理秩序，这是值得我们学习的，但在大爱和至善的集体爆发力上，却未必比得上中国人。我到过世界上好几个自然灾害发生地，有对比。这次汶川大地震中全民救灾的事实证明，中华民族是人类极少数最优秀的族群之一。
>
> "5·12"地震后，正好有两位美国朋友访问我。他们问："中国的'5·12'，是否像美国的'9·11'，灾难让全国人民更团结了？"
>
> 我回答说："不。'9·11'，有敌人，有仇恨，所以你们发动了两场战争。'5·12'没有敌人，没有仇恨，中国人只靠爱，解决一切。"

开始我不明白，为什么这段话会引起香港和内地那一些中国文人的排斥。很快找到了一条界限：我愿意在中国寻爱，他们坚持在中国寻恨。

与此同时，我在救灾现场看到有些遇难学生的家长要求惩处倒塌校舍的责任者。我对这些家长非常同情，却又知道这种惩处在全世界地震史上还没有先例，难度极大，何况当时堰塞湖的危机正压在头顶，便与各国心理医生一起，劝说遇难学生家长平复心情，先回帐篷休息。这么一件任何善良人都会做的事情，竟然也被《苹果日报》和其他政客批判为"妨碍请愿"。

对此，我不能不对某些香港文人说几句话。你们既没有到过地震现场，也没有到过"文革"现场，却成天与一些内地来的骗子一起端着咖啡杯指手画脚，把灾难中的高尚和耻辱完全颠倒了。连你们，也鹦哥学舌地说什么"石一歌"！

六

写到这里，我想读者也在笑了。

一个不知所云的署名，被一个不知所云的人戴到了我的头上，就怎么也甩不掉了。连悬赏也没有用，连地震也震不掉！这，实在太古怪了。

有人说，为别人扣帽了，是中国文人的本职工作。现在手多帽少，怎么可能摘掉？

但是，毕竟留下了一点儿遗憾：戴了那么久，还不知道"石一歌"究竟写过什么样的文章。

终于，一个阳光明媚的日子来到了。

二〇一〇年仲夏的一天，我在河南省郑州市的一个车站书店，随手翻看一本山西出版的杂志《名作欣赏》。开始并不怎么在意，突然眼睛一亮。

一个署名"祝勇"的人，在气愤地批判"石一歌"几十年前的一次"捏造"。

"捏造"什么呢？原来，一篇署名"石一歌"的文章说，鲁迅在住处之外有一间秘密读书室，在那里阅读过马克思主义著作。

这个人断言，"石一歌"就是我，因此进行这番"捏造"的人也是我。

不仅如此，这个人还指控我的亡友陈逸飞也参与了"捏造"，因为据说陈逸飞画过一幅鲁迅读书室的画。那画，我倒是至今没有见到过。

任何人被诬陷为"捏造"，都不会高兴，但我却大喜过望。

十几年的企盼，就想知道"石一歌"写过什么。此刻，我终于看到了这个小组最让人气愤的文章，而且是气愤到几十年后还不能解恨的文章，是什么样的了。

我立即买下来这本杂志，如获至宝。

被批判为"捏造"的文章，可能出现在一本叫"鲁迅的故事"的儿童读物里。在我印象中，那是当时复旦大学中文系按照周恩来的指示复课后，由"工农兵学员"在老师指导下写的粗浅作文，我当然不可能去读。但是，如果有哪篇文章真的写了鲁迅在住处之外有一间读书室，他在里面读过马克思主义的著作，那可不是"捏造"。

因为，那是鲁迅的弟弟周建人公开说过多次的，学员们只是照抄罢了。

周建人会不会"捏造"？好像不会。因为鲁迅虽然与大弟弟周作人关系不好，却与小弟弟周建人关系极好，晚年在上海有频繁的日常交往。周建人又是老实人，不会乱说。何况，周建人在"文革"期间担任着浙江省省长、全国人大常委会副委员长，学员们更是没有理由不相信。

其实，那间读书室我还去参观过，很舒服，也不难找。鲁迅时代的中国知识分子，读马克思主义著作很普遍，鲁迅也读了不少。他连那位担任过中共中央主要负责人、又处于通缉之中的瞿秋白都敢接到家里来，还怕读那些著作吗？

原来，这就是"石一歌"的问题！

七

我悬了十几年的心放了下来，觉得可以公布"石一歌"小组的真实名单了。但我还对那个电话里教授太太的声音保持着很深的记忆，因此决定再缓一缓。

现在只能暂掩姓名，先粗粗地提几句：

一九七二年根据周恩来指示在复旦大学中文系成立的《鲁迅传》编写小组，组长是华东师范大学教师，副组长是复旦大学教师，组内有复旦大学六人，上海社会科学院一人，上海艺术研究所一人，华师大附中一人，上海戏剧学院一人即我，半途离开。由于人员太散，该组又由正、副组长和复旦大学一人、上海艺术研究所一人，组成"核心组"。

后来根据周恩来指示在上海市巨鹿路作家协会成立的"石一歌"鲁迅研究小组，成立的时间我到今天还没有打听清楚，组长仍然是华东师范大学教师，不知道有没有副组长，组内有华东师范大学二人，复旦大学三人，上海社会科学院二人，华师大附中一人。由于都是出于周恩来的同一个指示，这个小组与前一个小组虽然人员不同，却还有一定的承续关系，听说还整理过前一个小组留下的鲁迅传记。在这个小组正式成立之前，复旦大学中文系的部分学员也用过这个署名。

这些事，已经过去整整四十年了。

对于那三个造事的"老男人"我无话可说，但对类似于"祝勇"的那类起哄式批判者却有一个劝告：起哄就起哄吧，但无论如何也不要随意伤害已经去世，因此不能自辩的大艺术家，如陈逸飞。在中国，毕竟大艺术家实在太少。

八

好了,"石一歌"事件大体已到尽头,我也不想写下去了。

最后,我不能不说一句:对"石一歌"事件,我要真诚地表示感谢。这三个字,给我带来了好运。我这么说,不带任何讽刺。

第一,这三个字,给了我真正的轻松。

本来,我这个人,是很难摆脱各种会议、应酬而轻松的,但是这个可爱的谣言救了我。当今官场当然知道这是谣言,却又会百般敬畏造谣者,怕他们在传媒上再次闹事而妨害社会稳定。这一来,官场就尽量躲着我。例如我辞职二十多年,从未见过所在城市的每一任首长,哪怕是在集体场合。其实,这对我是天大的好事,使我不必艰苦推拒,就可以从各种头衔、职务中脱身而出,拥有了几乎全部自由时间。这么多年来我种种成绩的取得,都与此有关。貌似弃我,实为惠我。国内噪声紧随,我就到国外讲述中华文化。正好,国际上并不在乎国内的什么头衔。总之,我摸"石"过河,步步敞亮。

第二,这三个字,让我清晰地认知了环境。

当代中国文化界的诸多人士,对于一项发生在身边又延续多年的重大诬陷,完全能够识破却不愿识破。可能是世道不靖,他们也胆小了吧,同行的灾难就成了他们安全的印证,被逐的孤鹜就成了他们窗下的落霞。于是,我彻底放弃了对文化舆论的任何企盼,因全方位被逐而独立。独立的生态,独立的思维,独立的话语,由至小而至大,因孤寂而宏观。到头来,反而要感激被逐,享受被逐。像一块遗弃之石,唱出了一首自己的歌。这,难道正是这三个字的本意吗?

第三,这三个字,使我愈加强健。

开始是因为厌烦这类诽谤,奉行"不看报纸不上网,不碰官职不开会,不用手机不打听"的"六不主义",但这么一来,失去了当代敏感渠道的我,立即与自然生态相亲,与古代巨人相融。我后来也从朋友那里听说,曾经出现过一拨拨卷向我的浪潮,但由于我当时完全不知,居然纤毫无损。结果大家都看到了,我一直身心健康,快乐轻松,气定神闲。这也就在无意中提供了一个社会示范:真正的强健不是呼集众人,追随众人,而是逆反众人，然后影响众人。"大勇似怯"，"大慈无朋"。

由于以上三个原因，我认真考虑了很久，终于决定，把"石一歌"这个署名正式接收下来。

然后，用谐音开一间古典小茶馆叫"拾遗阁"，再用谐音开一间现代咖啡馆叫"诗亦歌"。或者，干脆都叫"石一歌"，爽利响亮。

不管小茶馆还是咖啡馆，进门的墙上，都一定会张贴出各种报刊十几年来的诽谤文章，证明我为什么可以拥有这个名号。

如果那一批在这个名号后面躲了很多年的退休老教授们来了，我会免费招待；如果他们要我把这个名号归还给他们，我就让他们去找《南方周末》《苹果日报》。但他们已经年迈，要去广州和香港都会很累，因此又会劝他们，不必多此一举了。

我会端上热茶和咖啡，拍拍他们的肩，劝他们平静，喝下这四十年无以言表的滋味。

我也老了，居然还有闲心写几句。我想，多数上了年纪的人都会像那些退休老教授，听到各种鼓噪绝不作声。因此，可怜的是历史，常常把鼓噪写成了课本。

二〇一一年十月十五日

祭 笔

> 这支笔在我手上,已经浸透百年的血泪,我却希望它去重醮千年的辉煌。我知道它所吐出的文字,不止仅有控诉功能。我知道它渴望着描绘褪色已久的尊严。

放下又捡起,再端详一番:笔。

人的一生会触碰到很多物件,多得数也数不清。对我来说,最重要的物件,一定是笔。

我至今还没有用电脑,一切文字都用笔写出,被出版界誉为稀世无多的"纯手工写作"。会不会改变?不会。虽然我并不保守,但一个人的生命有限,总需要守住几份忠贞,其中一份,就是对笔。

也许很多人会笑我落伍,但只要读了我下面的片断记忆,一定就会理解了。

一

我人生的第一支笔,是一支竹杆小毛笔。妈妈在代村民写信,我用这支小毛笔在边上模仿,那时我才三岁。第二年就被两个新来的小学老师硬生生地从我家桌子底下拖去上学了,妈妈给我换了一支好一点的毛笔。我一上课就黏得满脸是墨,惹得每个老师一下课就把我抱到小河边洗。洗完,再奔跑着把我抱回座位。

七岁时,妈妈给了我一支比毛笔还长的蘸水笔,外加一瓶蓝墨水,要我从此代她为村民写信、记账。把笔头伸到墨水瓶里蘸一次，能写七个字。笔头在纸上的划动，吸引着乡亲们的一双双眼睛。乡亲们几乎不看我，只看笔。

这也就是说，妈妈在我很小的时候就已经有意无意地告诉我，这笔，对乡亲们有一种责任。

九岁小学毕业到上海读中学，爸爸狠狠心花四元钱为我买了一支"关勒铭"牌的钢笔，这在当时算是一笔大开销，但我很快就丢失了，爸爸很生气。后来知道我得了上海市作文比赛第一名和数学竞赛大奖，爸爸气消了，但再也不给我买好钢笔。我后来用的，一直是别人不可能拿走的那种廉价钢笔。我也乐意，因为轻，而好钢笔总是比较重。

二

我第一次大规模地用笔，是从十九岁到二十一岁，替爸爸写"交代"。那是"文革"灾难的初期，爸爸被"革命群众"揭发有政治问题和历史问题，立即"打倒"，停发工资，而我们家有八口人要吃饭。爸爸希望用一篇篇文字叙述来向"革命群众"说明事实真相，因此一边擦眼泪一边写，很快眼睛坏了。不得已，就由他口述，由我代笔。后来他被"革命群众"上纲上线为"反对伟大领袖"，不能回家了。他告诉当权者，自己已经不能写字，必须由我代笔。因此，还能几天放回一次，但不能在家里过夜。

我一共为爸爸写了六十多万字的"交代"。我开始时曾劝爸爸，没有必要写。但爸爸总是不吱声，只是抖抖地把一支笔递给我。我接过笔，把纸铺平，等着他继续昨天的叙述。后来写着写着，知道了从祖父和外公开始的很多真实往事，觉得很有历史价值和文学价值，便写了下去。而且，我又主动追问了爸爸很多细节，再从祖母、妈妈那里核实。这一切，就是我后来写作《吾家小史》的起点。这书，断断续续写了四十多年。

当时为爸爸写"交代"，用的是圆珠笔。一根塑料直杆，每支两角钱，我写完了很多支。用这种圆珠笔，要比用钢笔使力，笔杆又太细，写着很不舒服。但爸爸要求，在写的材料下面必须垫一张蓝紫色的"复写纸"，使材料交上去之外还留个底，因此下笔要重，只能用这种圆珠笔。写一阵，手指发僵，而中指挨着食指的第一节还会留下深深的笔杆印。再写下去，整个手掌都会抽搐，因为实在写得太急、太多了。

三

再怎么说，我爸爸都不应该是"文革"斗争的重点。他不是干部，不是资本家，也不是知识分子。"打倒"他，是出于"革命群众"的嫉妒。嫉妒他什么呢？只有一条，生了四个儿子，属于"人丁兴旺"。那年月，对一般家庭来说，"人丁兴旺"往往意味着食不果腹，但"革命群众"不管，只在他平日与同事聊天中收集到几句似乎"不满政府"的言语，便"打倒"了，长时间关押。其实爸爸非常"知足"，毫无不满情绪。

"文革"的真正重点，倒是与我的专业有关。戏剧，成了社会灾难的引爆点。"文革"的起点，是批判吴晗的《海瑞罢官》——那是戏剧；"文革"的旗帜，是几部所谓"革命样板戏"——那也是戏剧。人类历史上从未有过这样的事：很多人只因为说了一两句与戏剧相关的话，便身陷铁窗，或丧失生命。

我当时正在上海戏剧学院读书。在学院里，我是反对"文革"的"保守派三座大山"之一。在爸爸已经被"打倒"的情况下，我的这种反对，在当时就是一种悲壮的自毁行为。就像我的叔叔余志士先生以连续三次的割脉自杀来抗议"文革"一样，我捧着他的骨灰盒，接过了他的遗志。

正在这时，一场更大的灾难突然降临，全国城里的学生必须断学废学，上山下乡，不准回城。上海学生的大多数，有不少更是被惩罚性地发配到了遥远的边疆。出发前，所有的家长和学生都必须去看一台彻底否定教育和文化的戏剧《边疆新苗》。天哪，仍然是戏剧！我看过这台戏后去农场时，把所有的笔都丢进了垃圾桶，包括为爸爸写"交代"的圆珠笔。当时，爸爸的"罪行"加重，不能离开关押室了，我也就无法再为他代笔。

为什么要把笔丢进垃圾桶？首先是一种抗议性决裂。"革命样板戏"和《边疆新苗》使我产生了一种专业性耻辱。其次，是因为发现没有机会写字了。我打听到，我们劳动的地方根本没有邮局，寄信要在休息的日子步行很远的路才能找到一个小镇，但实际上并没有休息的日子。

由于这两个原因，理所当然，折笔、弃笔、毁笔、葬笔。

实际情况比预料的更糟。我们在农场自搭茅草屋，四根竹子撑一块木板当床，睡着睡着就陷到泥淖里去了。用笔的地方完全没有，用笔的时间也完全没有。永远是天不亮下田，天全黑才回，永远在生命极限的边缘上挣扎，完全想不起字，想不起笔，想不起自己是一个能写字的人。

四

一九七一年的一个政治事件使周恩来总理突然成了中国的第二号人物，他着手领导复课，试图局部地纠正"文革"灾难。这就使很多濒临枯死的"边疆新苗"有可能回城读书了，也使我们有机会回上海参与一点教材编写。我被分配到复旦大学的"鲁迅教材编写组"，这又拿起了笔。记得那笔是从静安寺百乐商场买的，一元钱左右的吸墨水钢笔。当时的钢笔也已经有了几个"国内名牌"，像"英雄""金星"什么的，那就要二三元钱一支了，我买不起。

编教材，我分到的事情很少，不到三天就写完了。但是，复课、编教材这件事虽然由周恩来直接布置，却仍然受到主张废学停课的极"左"派反对，认为是"右倾翻案"，时时准备反击。这让我又一次愤怒，但是，由于当时已经出现了恢复教育的势头，我的愤怒也就变成了学术勇敢。

我拿起那支一元钱的笔，开始行动。那时为了复课，各大学的图书馆重新开放。我通过上海戏剧学院图书馆一个早就熟悉的职工蔡祥明，偷偷摸进了当时还视为禁地的外文书库，开始了《世界戏剧学》的构建。当时在外面，一窗之隔，只要说一句不同于"革命样板戏"的话，就会有牢狱之灾。为此，我不能不对那支一元钱的钢笔表示敬意，对自己的青年时代表示敬意。

正是那支笔，成了一支帮我偷偷潜行的拐杖，在黑暗泥泞中描画出了一个庞大的学术构建。

与这个学术构建相比,我后来完成的很多学术著作,虽然更为著名,却失去了一份不惜赴死的生命力度。

五

由于我在灾难中的表现,灾难过去之后全院三次民意测验均名列第一,被破格提升为院长。

连一个小组长也没有做过,却成为国家重点艺术高校的第一领导者,这似乎像是坐了"火箭",但却是十年的信任沉淀。全院的教师和职工看了我整整十年,有的事当时没有看明白,后来也终于明白了,例如,我一次次鬼鬼祟祟地消失在外文书库的原因。

灾难中的形象往往会传播得很广,当时我的社会声望已远远超出学院,被选为整个上海市的中文专业教授评审组组长,兼艺术专业教授评审组组长。每次评审,我们对那些在灾难岁月投机取巧、丧失天良的文人都断然予以否定。于是,我又拿起了那支笔,一次次重重地写下了否定结论,又浓浓地签上自己的名。那支笔在当时,几乎成了法官敲下的那个槌子,响亮、果敢、权威。

这就是二十世纪八十年代,我那时说得上仕途畅达,官运亨通。已经是全国最年轻的高校校长,却还常有北京和上海的高官竭力要把我拉进更高的权力圈子,这在当时很容易。于是,有了一次次长谈,一次次规劝。这些高官,后来都成了非常显赫的领导人。但是,我太明白我的笔的秉性。它虽然也有能力继续成为更大法官的槌子,但它显然并不愿意。

我对它,也产生了更大的计划。这支笔在我手上,已经浸透百年的血泪,我却希望它去重醮千年的辉煌。我知道它所吐出的文字,不止仅有控诉功能。我知道它渴望着描绘褪色已久的尊严。

于是,我在上上下下的极度惊愕中辞职了。辞了二十三次,才被勉强批准。然后,穿上一件灰色的薄棉袄,去了甘肃高原,开始踏访公元七世纪的唐朝。

当年寻找古迹,需要长时间步行,而那些路并不好走。在去阳关的半道上,我几度蹲下身去察看坟丘密布的古战场,把我插在裤袋口上的旧钢

179

笔弄丢了。

那支旧钢笔不值什么钱，但正是它，我在辞职前反复搓弄，就像古人搓弄占卜用的灵枝，卜问前程。那支笔每次都顽强地告诉我，只愿意把我的名字签在文章上，而不是文件上。

既然它对我有点重要，我就低着头在沙原上找了一会儿。但那地方太开阔、太芜杂了，当然找不到。转念一想也释然了：这支笔是陪了我很久的老朋友，从现在起，就代表我陪陪一千多年前的远戍将士和边塞诗人吧。

我考察的习惯，不在现场抄录什么，只在当天晚上回到旅舍后才关起门来专心写作。记得在兰州我曾长时间住在一个极简陋的小招待所里，简陋到上厕所都要走很远的路。当地一位年长的文人范克峻先生读过我的不少学术著作，又看到我行李简薄，便送来了一支圆珠笔和两沓稿纸。这种圆珠笔的笔杆较粗，比我为爸爸写"交代"的那一种更好用。只不过那稿纸太薄，一写就穿，落笔要小心翼翼。范先生说，当地文具店，只有这种稿纸。

我把白天的感觉写成一篇篇散文，寄给在《收获》杂志做编辑的老同学李小林。邮局找不到，就塞到路边一个灰绿色的老邮筒里。这时才觉得范克峻先生给我送薄稿纸算是送对了。稿纸薄，几篇文章叠在一起也能塞得进那邮筒。

写了就及时寄走，是怕在路上丢失。有的地方连路边邮筒也找不到，那就只能将写好的文章随身带了。随身带，更是要求稿纸越薄越好。由此我养成了习惯，只用薄稿纸。这一来，那种容易划破薄稿纸的圆珠笔，就需要更换了。

当然，写起来最舒服的还是吸墨水的钢笔。但这对我这个不断赶路的旅行者来说，就很不方便，因为必须随身带墨水瓶。墨水瓶都是玻璃做的，夹在行李里既容易洒，又容易碎。据说过去安徒生旅行时是把墨水瓶拴根绳子挂在脖子上的，那就不会洒，也不会碎了。但我不会模仿他，因为那样不仅难看，而且还有显摆自己"很有墨水"的嫌疑。安徒生旅行时还肩扛一大圈粗麻绳，那是准备在旅馆失火时可以滑窗而逃。可见，他走得比我还麻烦。

后来我还是学了安徒生的一半，随身带墨水瓶，但不挂在脖子上。选那种玻璃特别厚的瓶子，瓶口拧紧处再垫一个橡胶圈。但这样还是不保险，因为几经颠簸后，瓶盖易裂。所以再加一个笨办法，在瓶盖外再包一层塑料纸，用细麻绳绕三圈扎紧。行李本来就很小，把墨水瓶塞在衣服中间。

我从甘肃路边邮筒寄出的一沓沓薄稿纸，如果有可能发表，似乎应该起个总题目。因此，在寄出第三沓时，我在信封背后加了一句："就叫《文化苦旅》吧。"后来，路还在一直走，风餐露宿，满身烟尘，却永远带着那支钢笔，那瓶墨水。我想应该对笔表示点什么了，因此，为接下来的义集起名时加了一个"笔"字，叫《山居笔记》。

六

笔之大难，莫过于在北非、中东、南亚、中亚的极端恐怖地区了。

我写了那么多中华文明遗迹，为了对比，必须去寻找同样古老的其他文明。但那路，实在太险峻、太艰难、太无序、太混乱了。我下过决心，必须贴地而行，不能坐飞机，因此要经过无数关口。在各种奇奇怪怪的关口，查啊查，等啊等，翻啊翻，问啊问。他们在不断问我，我却永远问不清，前面可以在哪里用餐，今晚可以在哪里栖宿。

由于危机天天不断，生命朝不保夕，因此完全不能靠事后记忆了，必须当天写下日记。在哪里写日记？在废弃的战壕边，在吉普的车轮上，在岗亭的棚架下。这一来，笔又成了问题。显然不能带墨水瓶，如果带了，那些人很可能会让我当场喝两口看看是不是危险的液体。圆珠笔他们也查得仔细，又拧又拆，要判断那是不是特制的微型手枪。

好在，这时世界上已流行一种透明塑料杆的轻型墨水笔，一支可以写好几天，不必吸墨水。沿途见不到超市、文具店，因此我不管入住什么样的小旅馆，只要见到客房里有这种笔，立即收下。

在行经伊拉克、伊朗、巴基斯坦、阿富汗、尼泊尔那漫长的边界地区时，一路上黑影幢幢、堡垒隐隐、妖光熠熠、枪口森森。我把已写好的日记手稿包在一个塑料洗衣袋里紧抱在胸前，手上又捏着一支水笔。我想，即使人被俘虏了，行李被抢走了，我的纸笔还在，还能写作。当然更大的可能是不让写，那我也要尽最大努力，为自己保留一丝最后的机会，为笔保留一丝最后的机会。

这种紧抱稿子紧捏笔的情景，我一直保持到从尼泊尔入境西藏的樟木口岸。

那支水笔，连同我在历险行程中一直藏在行李箱中的一支较好的钢笔，回国后很快被一个慈善机构高价拍卖。所得款项，全部捐献，以补充北京市残障儿童的乳品供应。

后来我在进一步研究中国文明与世界现代先进文明的差距时，又考察了欧洲九十六座城市。虽然也非常辛苦，但那种悬生命于一线的危险没有了，而且一路上也比较容易得到顺手的笔。

我考察完那么多充满恐怖的地方之后，被国际媒体称为"当代世界最勇敢的人文教授"。从联合国开始，很多国际机构和著名大学纷纷邀请我作主题演讲。所谓主题，大多是"全球背景下的中国文明"、"一个中国学者眼中的当代世界"、"五万公里五千年"、"全球面临的新危机"等等。华盛顿国会图书馆、联合国世界文明大会、哈佛大学、耶鲁大学、哥伦比亚大学、纽约大学等等都去了。我想，既然沿途用了那么多笔，现在正该用一支更好的笔，把考察成果系统地写出来了。

但是，万万没有想到，遭遇了意想不到的情况。

七

就在我基本完成对中国文明和世界文明的长时间考察之际，我周围的文化格局发生了整体性蜕变。简单说来，八十年代由"反思、探索、改革、创新"组成的文化主题全线失落，代之以一种奇怪的文化气氛，大致可概括为"空泛奢豪、恶俗嬉闹、毒舌横飞、良莠颠倒"。

这种文化气氛，使我和妻子走投无路。妻子马兰，那么优秀的表演艺术家，由于数度婉拒了一次据说是"顶级重要的联欢会"，被地方官员"冷冻"，失去了工作；而我，则不知为什么成了文化诽谤的第一焦点，"文革派""自由派"和官方一些媒体亲密合作，联手造谣，我即便无声无息，也永远浊浪滚滚。这就是说，我们夫妻两人，毫无预兆、毫无理由地被驱赶了。我们又不愿向权力部门求助，因此注定无处可去。

照理应该移民，但我们没有条件。只能逃到广东省海边一个不太在意文化的城市，躲了很多年。我们原以为可以在那里找到一个友谊的小窝棚。但是，诽谤的大浪很快使几张笑脸逐一背叛。国内无人理会，国际上却一直在热心地寻找我们，邀请演讲和演出。台湾更把我当作了中华文化的主要演讲者，邀请尤其殷切。这使我产生了一个矛盾：要不要在恶劣的处境中继续阐释中国文化？

还是以前遇到过的老问题：是折笔、弃笔、毁笔、葬笔，还是再度拾笔、执笔、振笔、纵笔？

相比之下，要剥夺我妻子的演出权利是容易的，因为她已经离开了地区依赖性很强的创作群体；但是，要剥夺我的笔却不很容易，因为这只是个人的深夜坚守，没有地域性限定。除非，我自己觉得没有意思了。

那么，自己究竟觉得有没有意思呢？妻子一次次无言地看着我，我玩弄着笔杆，一次次摇头。

还去阐释中国文化？请看报刊上永远在喷泻的千百篇诽谤我的文章，用的全是中国文字、中国语法、中国恶气、中国心计。就这样，我难道应该"熟视无睹"，还到国际上传扬中国文化？而且，所有对我的诽谤，只要稍作调查就能立即识破，但整整二十年，没有任何一个文化机构和文化团体，做过一丝一毫的调查，发过一丝一毫的异议。这些报刊、机构和团体，都不是民间的。

民间，也好不到哪里去。我妻子的观众，我自己的读者，在数量上都曾经长期领先全国，在热度上更是无以复加；但一夜之间，听说被官员冷冻了，被媒体围殴了，大家也就立即转变立场，全都乐滋滋地期待着新的拳脚。

这与"文革"中的民众，一模一样。

因此，我除了摇头，还是摇头。

后来，突然发现了一些奇怪的材料，我才开始改变态度。

这些材料告诉我，始终盯着我的笔不放的，一个是几十年前鼓吹断学废学的剧作者，一个是上海工人造反派"工总司"副司令的文化教习，还有两个是上海学生造反派司令部的首领。这些年媒体间对我的各种诽谤，全由他们指挥。这一下子就前后贯通了，他们当然不允许一个与他们曾经长期对立的人取得太大的话语权，因此用"贼喊捉贼"的最简便方式来泼污。我只惊讶，他们已经年岁不小，却还如此老当益壮，徒众如云。

这几个发现让我默然良久。我父亲的十年关押，我叔叔的三度割脉，我全家的濒临饿死，我岳父的当街批斗，全都一一浮现在眼前。原来，我要不要重新拾笔,并不仅仅关及我目前的处境,而是牵涉到很大的时空坐标。

一切文化孽力都会以文化的方式断灭文化。简单说来,也就是"以笔夺笔"。他们过去夺过很多人的笔,现在夺我的笔,还在鼓动徒众们一直夺下去。因此,我还应该担负一点守护文化的责任。事实证明,我的守护并不会被当代中国文化乐意接受,但我不必看谁的脸色。我不仅还要执笔,而且也可以不再拒绝国际上的演讲邀请。我当然不会控诉我们夫妻俩的遭遇,但当我说清楚了中国文化的千年脉络、万里对比,也许会有一些中外读者对二十年来驱赶我们夫妻俩的那种文化气氛产生一点怀疑,开始认识到那未必是中国文化的真正魂魄。

因此,我又郑重地执笔了。执笔之时给自己定下了一个严格的规矩:时间不多,笔墨珍贵,不能浪费在对诽谤的反驳上。

于是,在诽谤声依然如狂风暴雨的一个个夜晚,在远离无数"文化盛典"的僻静小屋,由失业很久的妻子陪伴着,我一笔笔地写出了一批书籍。它们是:《中国文脉》《何谓文化》《君子之道》《北大授课》《极品美学》《吾家小史》,以及它们的部分初稿《寻觅中华》《摩挲大地》《借我一生》……此外,我还精选了从庄子、屈原、苏轼到《心经》等重要文化经典,用当代散文做了翻译和阐释。以前那些以《文化苦旅》领头的"文化大散文"文集,以及多部艰深的学术著作如《世界戏剧学》《中国戏剧史》《艺术创作学》《观众心理学》,也都认真地整理了出来。

一个人能写出这么多的书来吗?很多出版家和读者都深感惊讶,连我自己也常常会对着这一大堆书发呆。我曾自问,这里边有草率之作吗?于是,我一次次心情紧张地重翻这些书,放下一本,又拿起一本。重复了无数遍之后,我终于可以向天轻语:每一本、每一页都是生命的锤炼,一处也未敢草率。

至此,我不敢说对得起中国文化,却敢说我对得起自己的笔了。当然,笔也对得起我。

我还可以像老朋友一样对笔开一句玩笑:你耗尽了我的一生,我却没有浪费你太多的墨水。

不仅没有浪费太多的墨水,也没有浪费什么社会资源。这二十二卷书,每一卷都没有申请过一元钱的资助。据说现在国家有钱,这样的资助名目非常之多,诸如研究基金、创作补助、项目经费、学术津贴、考察专款、资料费用、追加资金……每一项都数字惊人。我始终没有沾染分毫，只靠一支笔。

有了笔，一切都够了。

八

在行将结束此文的时候，突然冒出来一个回忆，觉得有点意思，不妨再说几句。

记得那一次考察欧洲，坐船过英吉利海峡，正遇风急浪高，全船乘客颠得东倒西歪、左仰右合、呕吐不止。只有我，生来就不晕船，居然还在船舱的一个咖啡厅里写作。有两位英国老太太也不晕船，发现我与她们同道，高兴地扶着栏杆走到了我身后。我与她们打过招呼之后继续埋头书写，随即传来这两位老太太的惊叹声："看！多么漂亮的中国字！那么大的风浪他还握得住笔！"

这两位老太太完全不懂中文，因此她们说漂亮不漂亮，只是在指一种陌生的文字记号的整齐排列，不足为凭。但是，我却非常喜欢她们的惊叹。不错，漂亮的中国字，那么大的风浪还在写。这一切，不正是有一点象征意义么？

我是一个握笔之人，握在风浪中，竟然还能写那么多，写得那么整齐。

写的目的，不完全是为了读者。写到后来，很大一部分是为了那风浪，为了那条船，为了那支笔。

其实，也是为了自己。看看过了那么多年，这个七岁就为乡亲们代写书信的小男孩，还能为乡亲们代写点什么；这个二十岁左右就为父亲写"交代"的青年人，还能为中国文化向国际社会"交代"点什么。

看自己，并不是执着于"我"，而是观察一种生命状态，能够扩展和超脱到什么程度。这是佛教的意思。

于是，谨此祭笔。

且拜且祭，且忆且思，且喜且泣。

癸巳除夕至甲午春节

余秋雨著作正版选目

第一系列　宏观文化

1.《中国文脉》

一部最简要、最宏观的中国文学史,出版后应邀在联合国总部大厦开讲,并在纽约大学讲授,均获高度评价。

2.《山河之书》

相当于中国文脉的空间版本。作者在二十余年亲自踏访文化故地的历程中所写成的几部书籍,总发行量在一千万册以上,畅销全球华文世界,并相继点燃了晋商文化热、清宫文化热、书院文化热、敦煌文化热、都江堰文化热、天一阁文化热,并创造了"文化大散文"的一代文体。本书是对那些书籍的精选、提升和增补。

3.《千年一叹》

作者在完成对中华文明的时间梳理和空间梳理后,又投入了对世界上其他古文明遗址的对比性考察,此书为考察日记。由于整个过程需要冒着生命危险贴地穿越世界上恐怖主义盛行的地区,在海内外引起极大关注,全世界有十一家报纸同步刊载这份日记。直到今天,作者仍是全球知名人文学者中完成这一考察的"第一和唯一"。本书最后在尼泊尔山谷对各大文明的总结思考,非亲临者不可为。

4.《行者无疆》

如果说,《千年一叹》让世界上各种已经湮灭的古文明对比出了中华文明的生命力优势,那么,本书则让欧洲文明对比出了中华文明的一系列弱点。作者为写此书,考察了欧洲九十六座城市。据有关部门的统计,本书已成为近十年来中国旅行者游历欧洲时携带最多的一本书。

5.《文化之贞》

由古代延伸到现代，本书描述了一批在重重困厄中仍然保持文化忠贞的现代文化人，正是他们，延续了现代中国文化。例如巴金、黄佐临、谢晋、章培恒、白先勇、林怀民、余光中等。本书第二部分，则收集了作者在一些重大国际场合发表的文化演讲，还包括了对"文革"灾难所体现的"文化之痛"所做的系统分析。

6.《君子之道》

一切重大文化的核心机密，是集体人格。作者认为，中华文化在集体人格上的理想是君子之道。本书缕析了儒、道两家在君子之道上的九项要点和四大难题，作为打开中华文化核心机密的钥匙。其中部分内容，曾在美国华盛顿国会图书馆演讲。

第二系列　文学作品

7.《冰河》

这是一部古典象征主义小说，被评论界誉为"后现代主义的东方美学精灵"、"极为国际又极为中国"。作者自述的创作哲学是"向生命哲学馈赠通俗情节的外衣，为重构历史营造亲近历史的温馨"。

这项创作，又是作者与著名表演艺术家的妻子马兰几度合作的戏剧行为。那些演出，每次都在国内外产生轰动式的热烈反响。因此，本书后半部分是其中的一个演出剧本，可让读者在前后对照中了解不同文学体裁的特殊秉性。

8.《空岛》

本书包括两部小说，一部是历史悬疑推理小说《空岛》，一部是人生哲理小说《信客》。

《空岛》以十六世纪到十九世纪中国最大的海盗、最大的贪官、最大的文化工程为情节线索，描写了数百年高层利益争夺阴谋中一个传奇家庭的悲剧，最后通达佛理感悟。

《信客》以二十世纪前期中国一种特殊职业的兴衰为话题，呈现了中国江南农村在走向现代化过程中所承受的迷惘、错乱、委屈。其中，那种处于边际长途中的孤独和善良，让人震撼。

9.《吾家小史》

这是对"记忆文学"理念的贴身实验。作者所倡导的"记忆文学"，与一般的回忆录不同，主张跳过通行的历史框架和历史定论，只依凭着感性直觉，挖掘自身记忆，寻访长辈亲友，并以质朴叙述通达人性的艰辛、人生的悖论。这本书的写作，从"文革"灾难中为受难的父亲写"交代"时开始，然后又调查、考证了三十年。作者说："我写过中国，写过世界，最后写到自家，终于在泪眼凄迷中看透了文化。"

10.《泥步修行》

一部有关精神修炼的散文作品。作者认为，现实人生的大苦大难，是精神修炼的最佳场所，在深刻程度和震撼程度上都超过蒲团焚香。作者还认为，表述心灵感悟，最佳的文体不应该是端然肃然的长论，而应该是伸缩自如的散文。散文，是心灵最自然的作品。

第三系列　学术研究

11.《北大授课》

本书是作者为北京大学各系科学生授课的课堂记录，副题为"中华文化的四十八课堂"。与一般学术著作不同的是，它由师生共同完成。课堂上北大师生的活跃、机敏、博识、快乐，体现了当代年轻人对中国古代文化的认可程度，颇具学术测试价值。作者在课堂上的作用，是以文化哲学作整体引导。此书初版至今，已几度再版，在海峡两岸受到的欢迎程度，远超预计。

12.《极品美学》

作者早年曾受康德、黑格尔美学的深刻影响，但后来渐渐对他们过于庞大而抽象的构架产生疑惑，转而倾心于另一位德国美学家莱辛的"极品解析"方式，并认为这种方式更接近于中国传统美学。本书选取了很难被其他民族真正掌握的三个极品美学标本书法、昆曲、普洱茶，进行专业化解析，从内容到形式都体现了中国美学的独特魂魄。

13.《世界戏剧学》

本书是一个非常特别的文化奇迹。作者在"文革"灾难中出于血泪凝聚的文化良知，冒着巨大风险，在上海戏剧学院图书馆外文书库和复旦大学图书馆，悄悄地构建起了"世界戏剧学"的庞大体制。本书在灾难过后及时出版，获得"全国优秀教材一等奖"等多项大奖,受到海内外学术界同行的一致好评。几十年过去,至今仍是这一学科的权威教材。

14.《中国戏剧史》

著名文学家、戏剧家白先勇先生评价此书是"第一部从文化人类学高度写出的中国戏剧史,在学术上非常重要"。三十年前,在海峡两岸还处于隔绝状态的时候,本书成了台湾书商首部盗印的大陆学术著作。

15.《艺术创造学》

本书的引论《伟大作品的隐秘结构》,多年前曾由作者在中央电视台演讲,播出后在文化界引起巨大反响,被评为"中国几十年来最重大的文艺理论创见"。全书的学术结构,由作者自己建立,把艺术的主旨,全部归之于创造。这就纠正了社会上把艺术理解成"遗产保护"和"传统继承"的错误潮流。本书所论,涵盖古今中外,却又主要借重于创造力最强的法国;在例证上,则取材于创造态势最为综合的欧美电影。本书曾被评为中国改革开放关键时期在人文学科上最有代表性的几部突破性著作之一,也创造了高层学术著作获得高度畅销的纪录。

16.《观众心理学》

本书以接受美学为起点,首度在中国建立了实践型心理美学。因老一辈美学家蒋孔阳、伍蠡甫等教授的强力推荐,获上海市哲学社会科学著作奖。与《艺术创造学》一样,本书也因艺术实例丰富而成为很多艺术创造者的案头书、手边书。

第四系列 经典译写

17.《重大碑书》

碑文、书法同出于一人之手,这在现代已成为罕事。多年来作者应邀书写了《炎帝之碑》《法门寺碑》《采石矶碑》《钟山之碑》《大圣塔碑》《金钟楼碑》等等,均一一凿石镌刻,成为这些重大文化遗迹的点睛之笔。碑文采用古典文体,又以现代观念贯穿,书法采用行书,又随内容变化。此外,本书还收录了两份重要的现代墓志铭。

18.《遗迹题额》

题额,就是题写遗迹之名,或一、二句点化之词。本书所收题额仰韶遗址、秦长城、都江堰、萧何曹参墓园、云冈石窟、魏晋名士行迹、千佛崖、金佛山、峨眉讲堂、太极故地、乌江大桥、昆仑第一城等等，均已付之石刻。作者把这些题额收入本书时，还略述了每个遗址的历史意义，连在一起读，也可以看作是一种山水间的文化导览。

19.《庄子译写》

这是对庄子代表作《逍遥游》的今译，以及对原文的书写。今译严格忠于原文，却又衍化为流畅而简洁的现代散文，借以展示两千多年间文心相通。书写原文的书法作品，已镌刻于中国道教圣地江苏茅山。

20.《屈原译写》

作者对先秦文学评价最高的，一为庄子，二为屈原。屈原《离骚》的今译，近代以来有不少人做过，有的还试着用现代诗体来译，结果都很坎坷。本书的今译在严密考订的基础上，洗淡学术痕迹，用通透的现代散文留住了原作的跨时空诗情。作者在北大授课时曾亲自朗诵这一今译，深受当代青年学生的喜爱。作者对这一今译的自我期许是："为《离骚》留一个尽可能优美的当代文本。"《离骚》原文多达二千四百余字，历来书法家很少有体力能够一鼓作气地完整书写。本书以行书通贯全文而气韵不散，诚为难得。

21.《苏轼译写》

这是作者对苏轼《赤壁赋》（前、后）的今译和书写。由于苏轼原文的精致波俏，今译也就更像两则超时空的哲理散文。此外，本书又收入两份抄录苏轼名词的书法。

22.《心经译写》

今译《心经》，颇为不易；要让大量普通读者都能畅然读懂，更是艰难。此处今译，是译而不释，只把深奥的佛理渗透在浅显的现代词语中，简洁无缠。释义，可参阅所附《写经修行》一文。作者曾无数次恭录《心经》，本书选取了普陀山刻本、宝华山刻本和雅昌刻本三种。其中，作者对宝华山刻本较为满意。普陀山和宝华山都是著名佛教圣地，有缘把手抄的《心经》镌刻于这样的圣地，是一件大事。

23.《捧墨赠友》

此书所收的书法作品，分为三个部分。第一部分是平日为朋友的居室壁挂所写的各种字幅，其中包括条幅、中堂、匾额、联楹。就书法艺术而言，应比写碑和抄经更为自由。第二部分是"行世十诫"，全属人生自诫，每诫二字，用行楷大写，并以小文阐释。第三部分是作者平时填写的诗词稿本。

第五系列　各种选集

（说明：余秋雨著作的各种选集在市面上不胜枚举，多数是盗版，极少数由作者认可。对于盗版，作家出版社曾特地印行了《盗版举例》一书，其实只是冰山一角。下面略举作者认可的几个主要选本。）

24.《文化苦旅》

本书问世二十余年，各种版本在全球的发行量难以计数，如果包括层出不穷的盗版，至少在千万册以上，无疑是印刷量最大的现代汉语散文著作。此次作者倚重这个书名，精选以上各集散文，将"苦旅"一词申发为中国之旅、世界之旅和人生之旅，因此显得更其完整。

25.《中华文化读本》

这是一部七卷本选集，系统地解析了中华文化在时间、空间、人格、审美上的奥秘，开拓了"阅读中华"的高层门径。本书的引论《中华文化为何长寿》，作者曾在纽约联合国总部大厦演讲，引起巨大反响。

26.《余秋雨散文》

一个最简薄的选本。

27.《余秋雨笔墨集》

书法和今译的选集。

此外，被作者认可的中文版选本还有三十余种，如：《余秋雨台湾演讲》《倾听秋雨》《选读余秋雨》《晨雨初听》《掩卷沉思》《秋雨散文》《中国之旅》《欧洲之旅》《非亚之旅》《心中之旅》《古圣》《大唐》《诗人》《郁闷》《回望两河》《游走废墟》《舞台哲理》《南冥秋水》《山居笔记》《霜冷长河》《文明的碎片》《余秋雨著作大学生赏析》《余秋雨著作中学生赏析》《吴越之间》《北方的遗迹》《从敦煌到平遥》《从都江堰到岳麓山》《王朝背影》《信客》《余秋雨历史散文》《余秋雨文选》《余秋雨语录》《余秋雨人生哲言》《人生风景》等。

（陈羽　整理）

余秋雨文化大事记

1946年8月23日出生于浙江省余姚县桥头镇，在家乡读完小学。

1957年—1963年，先后就读于上海新会中学、晋元中学、培进中学至高中毕业。其间，曾获上海市作文比赛首奖、上海市数学竞赛大奖。

1963年考入当年最难考的上海戏剧学院戏剧文学系，但入学后以下乡参加农业劳动为主。

1966年夏天遇到"文革"灾难，家破人亡。父亲余学文先生因被检举有"错误言论"而关押十年，全家八口人经济来源断绝；唯一能接济的叔叔余志士先生又被造反派暴徒迫害致死。1968年被发配到27军军垦农场服劳役，每天从天不亮劳动到天全黑，极端艰苦。

1971年"9·13"事件后，周恩来总理为抢救教育而布置复课、编教材。从农场回上海后被分配到复旦大学鲁迅教材编写组，但自己择定的主要任务，是冒险潜入外文书库独自编写《世界戏剧学》，对抗当时以"八个革命样板戏"为全国"生死命符"的文化专制主义。

1976年初，编写教材被批判为"右倾翻案"，便逃到浙江省奉化县大桥镇半山一座封闭的老藏书楼研读中国古代文献，直至此年10月"文革"结束，下山返回上海。

1977年—1985年投入重建当代文化的学术大潮，陆续出版了《世界戏剧学》《中国戏剧史》《观众心理学》《艺术创造学》《Some Observations on the Aesthetics of Primitive Theatre》等一系列学术著作，先后获全国优秀教材一等奖、上海哲学社会科学著作奖、全国戏剧理论著作奖。其中，独自在灾难时期开始编写的《世界戏剧学》，出版至今三十余年仍是全国在这一学科的权威教材，直到2014年一年内还被三家不同的出版社再版。

1985年2月由上海各大学的学术前辈王元化、蒋孔阳、伍蠡甫等资深教授联名推荐，在没有担任过副教授的情况下直接晋升为正教授，是当时全国最年轻的文科正教授。

1986年3月，因国家文化部在上海戏剧学院举行的三次民意测验中均名列第一，被先后任命为上海戏剧学院副院长、院长，为当时全国最年轻的高校校长。主持工作一年后，即被文化部教育司表彰为"最有现代管理能力的四名院长"之一。与此同时，又出任上海市咨询策划顾问、上海市写作学会会长、上海市中文专业教授评审组组长兼艺术专业教授评审组组长，被授予"国家级突出贡献专家"、"上海十大高教精英"等荣誉称号。

1989年—1991年，几度婉拒了升任省部级领导职位的征询，并开始向国家文化部递交辞去院长职务的报告。辞职报告先后共递交了23次，终于在1991年7月获准辞去一切行政职务，包括多种荣誉职务和挂名职务。辞职后，孤身一人从西北高原开始，系统考察中国文化的全部重要遗址。当时确定的考察主题是"穿越百年血泪，寻找千年辉煌"。在考察沿途所写的"文化大散文"《文化苦旅》《山居笔记》等快速风靡全球华文读书界，被称为"印刷量最大的现代华文文学书籍"。他也由此成为国际上最具影响力的华文作家之一。

1991年5月，发表《风雨天一阁》，在全国开启对历代图书收藏壮举的广泛关注。

1992年2月开始，先后被多所著名大学聘为荣誉教授或兼职教授，例如复旦大学、交通大学、同济大学、上海大学、中国科技大学、西安交通大学等。

1993年1月，发表《一个王朝的背影》，首次肯定少数民族王朝入主中原的特殊生命力，重新评价康熙皇帝，开启此后多年"清宫戏"的拍摄热潮。

1993年3月，发表《流放者的土地》，首次揭露清朝统治集团迫害和流放知识分子的凶残面目，并介绍不屈的"流放文化"。

1993年7月，发表《苏东坡突围》，刻画了中国文化史上最可爱、最可亲的人格典范，揭示中国知识分子所必然面临的一层层来自朝廷和同行的酷烈包围圈，以及"突围"的艰难。此文被两岸三地的报刊广为转载。

1993年9月，发表《千年庭院》，首次用散文方式梳理了中国古代最优秀的教学方式——书院文化。

1993年11月，发表《抱愧山西》，首次向海内外系统描述了中国古代最成功的商业奇迹——晋商文化。由于中国传统文化历来轻视商业文明，因此，全文一开始就抱持着一种隔代的惭愧心态和追寻心态，为当时正在崛起的经济热潮寻得了一个古代范本。此文发表后一时读者无数,连很多高官也争相传诵。

1994年3月,发表《天涯故事》,首次系统地论述沉埋已久的海南岛文化的历史框架,并把海南岛文化归纳为"生态文明"和"家园文明",主张以吸引旅游为其发展前景。

1994年5月—7月,发表长篇作品《十万进士》(上、下),首次清理千年科举制度对中国文化的正面意义和负面意义。

1994年9月,发表《遥远的绝响》,描述魏晋名士对中国文化的震撼性记忆。由于文章格调高尚凄美,一时轰动文坛。

1994年11月,发表《历史的暗角》,首次清理"小人"在中国文化中的隐形破坏作用,以及古今君子对这个庞大群体的无奈。发表后在两岸三地引起巨大反响,被公认为"研究中国负面人格的开山之作"。

1995年4月,应邀为四川都江堰题词"拜水都江堰,问道青城山",镌刻于该地两处。

1996年1月,应邀为道教胜地茅山题词"大道巍峨",镌刻于该山山壁。

1996年7月,多家媒体经调查共同确认余秋雨为"全国被盗版最严重的写作人",他的著作的盗版量大约是正版的18倍。由此被邀请成为"北京反盗版联盟"的唯一个人会员,并被聘为"全国扫黄打非督导员(督察证为B027号)"。

1998年6月,新加坡召集规模盛大的"跨世纪文化对话"而震动全球华文世界。对话主角是四个华裔学者,除首席余秋雨教授外,还有哈佛大学的杜维明教授、威斯康辛大学的高希均教授和新加坡艺术家陈瑞献先生。余秋雨的演讲题目是《第四座桥》。

1999年开始,引领和主持香港凤凰卫视对人类各大文明遗址的历史性考察,成为目前世界上唯一贴地穿越数万公里危险地区的人文教授,也是"9·11"事件之前最早向文明世界报告恐怖主义控制地区实际状况的学者。由此被日本《朝日新闻》选为"跨世纪十大国际人物"。

2002年4月,应邀为李白逝世地撰写《采石矶碑》(含书法),镌刻于安徽马鞍山三台阁。

从2000年开始,由于环球考察在海内外所造成的巨大影响,一些媒体为了追求"逆反刺激"的市场效应而发起诽谤。先由北京大学一个学生误信了一个上海极"左"派文人的传言进行颠倒批判,即把周恩来总理为了抢救教育而布置的教材编写组说成是"'文革'写作组",并误植了笔名"石一歌"。由此,形成十余年的批判大潮,并随之出现了一批"啃余族",主要由"文革"残余势力组成。据杨长勋教授统计,由官方媒体发表的诽谤文章多达一千八百多篇。余秋雨先生对所有的诽谤没有作任何反驳和回击,他说:"马行千里,不洗尘沙。"

2003年7月,由于多年来在中央电视台的文化栏目中主持"综合文史素质测试"而成为全国观众的最高收视热点,上海一个当年的造反派首领就趁势做逆反文章,声称《文化苦旅》中有很多"文史差错",全国有156家报刊转载。10月19日,我国当代著名文史权威章培恒教授发文指出,经他审读,那个人的文章完全是"攻击"和"诬陷",而那个人自己的"文史知识"连一个高中生也不如。对此,156家报刊都未予报道。

2004年2月,由于有关"石一歌"的诽谤浪潮已经延续四年仍未消停迹象,却又一直没有出示任何证据,余秋雨本人就采取了"悬赏"的办法,宣布"只要证明本人曾用这个笔名写过一篇、一段、一节、一行、一句这种文章,立即支付自己的全年薪金",还公布了执行律师的姓名。十二年后,余秋雨宣布悬赏期结束,以一篇《"石一歌"事件》做出总结。

2004年3月,参加联合国开发计划署《人类发展报告》的设计、研讨和审核。2004年年底,被联合国教科文组织、北京大学、中华英才杂志等单位选为"中国十大文化精英"、"中国文化传播坐标人物"。

2005年4月,应邀赴美国巡回演讲:

(1)4月9日讲《中国文化的困境和出路》(在纽约大学亨特学院);

(2)4月10日讲《中国知识分子的问题所在》(在北美华文作家协会);

(3)4月12日上午讲《空间意义上的中华文化》(在马里兰大学);

(4)4月12日下午讲《君子的脚步》(在华盛顿国会图书馆);

(5)4月13日讲《时间意义上的中华文化》(在耶鲁大学);

(6)4月15日讲《中国文化所追求的集体人格》(在哈佛大学);

(7)4月17日讲《中华文化的三大优势和四大泥潭》(在休斯顿美南华文写作协会)。

2005年7月20日在联合国"世界文明大会"上发表主题演讲《利玛窦的结论》,论述中华文明自古以来的非侵略本性,引起极大轰动。演说的论据,后来一再被各国政界、学界引用。

2005年11月，应邀撰写《法门寺碑》（含书法），镌刻于陕西法门寺大雄宝殿前的映壁。

2006年4月，应邀撰写《炎帝陵碑》（含书法），镌刻于株洲炎帝陵纪念塔。

2005年—2008年，被香港浸会大学聘请为"健全人格教育奠基教授"，每年在香港工作时间不低于半年。

2007年1月，发表《问卜中华》，详尽叙述了甲骨文的出土在中华文明濒临湮灭的二十世纪初年所带来的神奇力量，同时论述了商代的历史面貌。

2007年3月，发表《古道西风》，系统叙述了中华文化的两大始祖老子和孔子的精神风采。

2007年5月，发表《稷下学宫》，对比古希腊的雅典学院，首度将两千年前东西方两大学术中心进行对比。

2007年7月，发表《黑色的光亮》，以充满感情的笔触表现了被中国文化史长期冷落的平民思想家墨子的人格光辉。

2007年8月，应邀为七十年前解救大批犹太难民的中国外交官何凤山博士撰写碑文（含书法），镌刻于湖南益阳何凤山纪念墓地。

2007年9月，发表《诗人是什么》，论述"中国第一诗人"屈原为华夏文明注入的诗化魂魄，分析了他获得全民每年纪念的原因，并解释了一些历史误会。

2007年11月，发表《历史的母本》，以最高坐标评价了司马迁为整个中华民族带来的历史理性、历史品格和历史力量。

2008年5月12日，中国发生"汶川大地震"，第一时间赶到灾区参加救援。见到遇难学生留在废墟间的破残课本，决定独资捐建三个学生图书馆，却被人在网络上炒作成"诈捐"，在全国范围喧闹了两个月之久。后由灾区教育局一再说明捐建实情，又由王蒙、冯骥才、张贤亮、贾平凹、刘诗昆、白先勇、余光中等名家纷纷为三个学生图书馆题词，风波才得以平息。

2008年9月，上海市教育委员会颁授成立"余秋雨大师工作室"（此前上海教育系统仅有一所"周小燕大师工作室"）。上海市静安区政府决定为"余秋雨大师工作室"赠建办公小楼。

2009年5月，应邀为山西大同云冈石窟题词"中国由此迈向大唐"，镌刻于石窟西端。

2010年1月，《扬子晚报》在全国青少年读者中问卷调查"你最喜爱的中国当代作家",余秋雨名列第一。"冠军奖座"是钱为教授雕塑的余秋雨铜像。

2010年3月27日获澳门科技大学所颁"荣誉文学博士"称号。同时获颁荣誉博士称号的有袁隆平、钟南山、欧阳自远、孙家栋等著名专家。

2010年4月30日,接受澳门科技大学任命,出任该校人文艺术学院院长。宣布在任期间每年年薪五十万元港元全数捐献,作为设计专业和传播专业研究生的奖学金。

2010年5月21日,联合国发布自成立以来第一份以文化为主题的"世界报告",发布仪式的主要环节,是联合国教科文组织总干事博科娃女士与余秋雨先生进行一场对话。余秋雨发言的标题为《驳亨廷顿"文明冲突论"》。

2011年10月10日,写作《一个转折点》一文,以亲身经历为"文革"十年划分出四个时期,在同类研究中是一个首创。不久,又发表《文化之痛》一文,揭示"文革"浩劫的文化本质,严厉批判目前社会上为"文革"翻案的逆流。本文还从"文化梦魇"的角度,论述"文革"式的极权专制和民粹专制的组合,在中国有深厚的文化土壤,必须对此保持强烈的痛感。

2012年1月—9月,最终完成以莱辛式的"极品解析"方法来论述中国美学的著作《极品美学》。

2012年10月12日,中国艺术研究院成立"秋雨书院"。北京众多著名学者、政府官员、企业家出席成立大会,并热情致词。该书院是一个培养博士生的高层教学机构,现培养两个专业的博士研究生:一,中国文化史专业;二,中国艺术史专业。

2013年10月18日,再度应邀赴美国纽约联合国总部大厦演讲《中华文化为何长寿》。当天联合国网站将此演讲列为国际第一要闻。

2013年10月20日,在纽约大学演讲《中国文脉简述》。

2013年12月,完成庄子《逍遥游》的巨幅行草书写,并将《逍遥游》译成可诵可吟的现代散文。

2014年1月,完成屈原《离骚》的巨幅行书书写,并将《离骚》译成可诵可吟的现代散文。

2014年1月25日—31日,完成《祭笔》。此文概括了作者自己握笔写作的全部人生历程,记述了"文革"时期和"苦旅"时期的艰辛笔墨,更是以沉痛的心情回顾了从二十世纪九十年代以来难以想象的文化遭遇。

2014年3月,发表以现代思维解析《般若波罗蜜多心经》的文章《解经修行》,并表明这是一项重大学术规划的开端。那就是,在已经完成了的"时间意义上的中国、空间意义上的中国、人格意义上的中国、审美意义上的中国"四大研究专题共二十余卷著作之后,继续完成"修行意义上的中国"这最后一个专题。该书名为《泥步修行》,由"破惑""问道""安顿"三部分组成。

2014年4月,《余秋雨学术六卷》出版发行。

2014年5月,古典象征主义小说《冰河》(含剧本)出版发行。

2014年8月,系统论述中华文化人格范型的《君子之道》出版发行,立即受到海峡两岸读书界的热烈欢迎。

2014年10月,《秋雨合集》二十二卷出版发行。

2014年10月28日,出任上海图书馆理事长。

2015年3月,再度应邀在台湾大学和台湾各大城市进行"环岛巡回演讲",自台北市、新北市、台中市到高雄市。双目失明的星云大师闻讯从澳大利亚赶回台湾,亲率僧侣团队到高雄车站长时间等待和迎接。这是余秋雨自1991年首度访问台湾后第四次大规模的环岛演讲。本次演讲的主题是《中华文化和君子之道》。

2015年4月,悬疑推理小说《空岛》和人生哲理小说《信客》出版发行。

2015年9月,应邀为佛教胜地普陀山书写《心经》,镌刻于该岛迴澜亭。

2016年3月,应邀为佛教胜地宝华山书写《心经》,镌刻于该山平台。

2017年,中华书局编辑出版《中华文化读本》七卷,均选自余秋雨著作。

2016年11月,被选为世界余氏宗亲会名誉会长。

(周行、刘超英整理,经大师工作室校核。)

主要获奖记录

1984年全国戏剧理论著作奖;

1986年上海哲学社会科学著作奖;

1991年上海优秀文学艺术奖;

1992年中国出版奖;

1993年全国优秀教材一等奖;

1995年金石堂最有影响力书奖;

1997年台湾读书人最佳书奖;

1998年北京《中关村》杂志"最受尊敬的知识分子"奖;

2001年香港电台最受听众推荐奖;

2002年台湾白金作家奖；

2002年马来西亚最受欢迎华语作家奖；

2006年全球数据测评系统推荐影响百年百位华人奖；

2010年台湾桂冠文学家奖（设立至今几十年只评出过五位）；

2014年全国美术书籍金牛杯金奖（书法集）；

……